收获

文学排行榜短篇小说集

《收获》文学杂志社——编

2019

上海文艺出版社

目录

炖马靴　迟子建
001

迟到的青年　黄锦树
035

天台上的父亲　邵丽
063

沙鲸　李宏伟
099

核桃树下金银花　弋舟
137

起夜　双雪涛
173

伶仃　蔡东
199

火车　宁肯
237

天使　张惠雯
275

苟滑脱逃　朱山坡
307

附录：2019年收获文学排行榜榜单
331

炖马靴

迟子建

授奖词

《炖马靴》写的是一篇抗战故事,但主题仍然是作家一直倾心探索的人性奥秘。战争、野兽、险恶的自然环境,根本上都是个人生存的问题,而一个人能走出困境,也许真正可以依靠的只有那种个人身在其中也难以估摸的亘古不变的善意。

故事发生在一九三八还是一九三九年，父亲记得并不很清楚，他说年份不重要，重要的是时令，寒冬腊月，祭灶的日子，西北风呜呜叫，他们抗联部队的一个支队（父亲至死对他部队的番号保密），二十多号人，清晨从四道岭小黑山的密营出发，踏雪而行，晚饭时分，袭击了位于中苏边界的一个日军守备队。

父亲说他们事先侦察了，这个守备队在山脚下，距离一个小镇四五里路，驻扎着三十来人，有一栋长方形板房，两个矩形仓库，还有一对大狼狗。板房是营房；两座仓库呢，为弹药库和粮库。这两座库，是他们的主攻目标。

那时关东军在中国东北，一方面针对苏联，在边境一带秘密修筑防御工事；另一方面针对抗日武装，进行围剿。为切断老百姓与抗日队伍的联系，他们大规模实施归屯并户，建立"集团部落"，大片农田荒芜，无数村落夷为废墟。父亲说自此之后，队伍的给养成了问题，缺粮少衣，陷入被动。

四道岭在哪里？我在地图上找不到。父亲说除了四道岭，还有头道岭、二道岭、三道岭和五道岭。这些岭呈刀锋状，山上林木茂盛，山下溪流纵横，地形复杂，易守难攻，适宜做密营。父亲说他们最初的营地在头道岭的大黑山，那里狼多，当地人也叫它野狼岭。深夜时群狼齐嗥，狼眼鬼火似的在树丛闪烁，地窨子的女战士恐惧这"夜歌夜火"，就往男战士住的这一侧跑。父亲也不避讳，说他们因此喜欢狼嗥。

狼通常群居，但也有离群索居的。父亲说头道岭就有这样一条母狼，它双眼瞎。不知是天生瞎眼，还是后天瞎的——比如被猎人打瞎、疾病或是同类相残所致。大家分析，它在狼群里受排斥，才被驱逐出来。一条瞎眼的狼，就是一把卷刃的剑，锋芒不再。虽说它的嗅觉依然灵敏，但它朝着掠食目标飞奔的时候，由于深陷永无尽头的黑暗，往往会撞到树上，或是跌入谷底。猎物到不了嘴，反受皮肉之苦。但狼是聪明的，父亲说这条瞎眼狼自打发现支队的行踪后，就一直凭声音和嗅觉尾随他们，求得生存。

　　父亲是伙头军，他可怜瞎眼狼，做了几个鼠夹子，将拍死的老鼠扔给它。 战友们都说，狼是吃人不吐骨头的野兽，喂不熟的，可父亲还是不忍看它挨饿，尤其到了漫漫长冬，白雪像巨大的裹尸布一样覆盖了山林，它几乎找不到吃的，连哀叫的力气都没了，像一团飘浮的阴云，蔫巴巴地尾随着队伍，父亲总会想方设法给它口吃的。 它得了食物后会叫几声，像小孩子没吃饱奶时的吭叽声，带着些许的满足，又些许的抗议。

　　大地回春了，瞎眼狼的日子就好过多了。 春夏秋三季，它可以用鼻子觅到果腹之物，而那些东西其他狼基本是不碰的，譬如浆果、蘑菇、青苔或是昆虫。 它食肉的机会有没有呢？ 那得看它的运气了。 病死的鹰，半腐烂的兔子，对它来说就是美味。 一旦发现，它就迅疾赶去。 可这样的食物，也是乌鸦的珍馐。 常常是它大快朵颐时，乌鸦纷纷落下，与其争食。 瞎眼狼反正看不见，奋勇吃它的。 父亲说他们不止一次撞见它与乌鸦同食腐肉的情景。 看着它被漆黑的乌鸦给挤在一角，像条瘪了的布袋，实在是心疼。

　　有时不是瞎眼狼先发现的腐肉，而是乌鸦，它也能跟着蹭点荤腥。乌鸦一鼓噪,它就寻声而去。所以瞎眼狼最爱的声音,该是乌鸦的叫声吧。乌鸦啃不动的骨头,对它来说就是心仪的阳光,它会把它们拖进山洞,作为存粮,以备不时之需。它瘦弱不堪,但牙齿锋利,骨头于它,恰如糖果。

瞎眼狼像个讨债鬼,跟着支队,渐渐地成了编外一员。

这条狼有年正月,突然消失了!看不见它了,大家还担心,它是不是被老虎或狗熊给吃了?父亲说瞎眼狼失踪三个月后,他和战友为前方的大部队运粮,在二道岭遇见它。它居然大了肚子,怀了崽了!它拖着沉重的身子,穿越新绿点点的灌木丛,往头道岭走。它的爪子在林地上,留下的印痕明显比过去深了,而它的毛色,也比过去光鲜了!闻到它熟知的队伍的气味,它还停下来,转过头,低低叫了几声,有点羞怯,又有点骄傲似的。

它是在哪里俘获了一条公狼的心呢?父亲说他们猜测,公狼与它发过情后,恐怕也是后悔的,否则不会在它怀着孕的时候,让它孤独地在山岭间穿行。

那次运粮,父亲他们中途遭到日伪军伏击,死伤过半。原来是队伍里一个姓梁的通讯员做了叛徒。他们不得不放弃头道岭的密营，重整旗鼓，在四道岭的小黑山再建营地。这样，头道岭的瞎狼，就在他们视野消失了。两三年不见它，大家还念叨，它生了几仔？养活得了小狼吗？因为一直没见它来找他们，父亲认定，瞎眼狼生的小狼，个个都是好眼睛，它的生活有了灯，不需要他们了。但父亲还会在队伍偶尔开荤时，将吃剩的骨头，扔在附近的山洞。瞎眼狼喜欢山洞，也能对付骨头，万一他们转移了，而它走投无路，寻到那儿的话，总不会饿着。

为了那次行动，父亲说他们做了周密计划。选择过小年的日子，是因为侦察员带来消息说，日本兵到了冬天的晚上，为打发长夜，喜欢三五结对，去镇上喝酒。小镇有家烧锅，酒好，下酒菜地道，且店主人的老婆俊俏，待人周全，烧锅便成了这个守备队士兵的温柔乡。每逢中国的传统节日，端午、中秋和小年，烧锅一派花园气象，菜品多姿多彩，香气勃勃，撩人胃肠。每逢此时，守备队的人有一半会开小差，防卫空虚，易于突袭。

小年那天飘着雪花，从四道岭到目标点，大约八十里路，要穿越几道山谷和数条冰河。父亲他们驾着滑雪板，清晨就出发了。呼呼叫的北风，让雪花成了薄命人，未等落下，在半空就被风撕裂了。雪粉飞扬，常迷了人的眼睛。父亲说他们不讨厌这样的迷眼，因为雪花纤尘不染，就像老天送来的润眼膏，无比清凉。

他们在午后三点接近了日军守备队，埋伏在山后，把滑雪板卸下，藏在一条沟塘里，预备着突袭成功后，再穿上撤离。父亲说每个战士都是滑雪高手，在冬季，滑雪板就是他们的战马。

腊月的太阳冻得够呛，午后四点不到，就缩着脖子退出天朝了，想必急着烤火去了。太阳落山后，遗下一片滴血的晚霞，好像西边天负了伤。父亲说天黑透了，侦察员带来消息，三辆摩托车驶离守备队，带走了十一个日本兵，看来他们是去镇上的烧锅了。父亲说支队长没有犹豫，下达了进攻令。

趁着夜色，队伍匍匐向前，靠近目标。守备队四周是铁丝电网，两扇宽大的铁门紧闭，门侧的岗楼是空的，没有岗哨。营房灯火通明，照亮了院子。那生硬的铁丝电网，因为有了光的照拂，在院子投下无数爪形的印痕，像一幅工笔的松枝图。两条大狼狗嗅到异常，汪汪叫起来。身手敏捷的神枪手小张，握着手枪，埋伏在岗楼，单等日本兵开门察看时击毙他，打开进攻的通道。岗楼对面，隔着一条雪道，是一摞半人高的柴垛，一个机枪手和五个持步枪的战士，作为冲锋的主力，以此为掩体，准备突击。其他人员，分布在左右两翼，对守备队形成三面夹击。

两条狼狗越叫越凶，营房的门终于"嘎吱"一声响，有人出来了。狗迎了主子，引至铁门，更凄厉地叫起来，用爪子"嚓嚓"挠门报警。那个日本兵没有想到外面重兵埋伏，打开铁门，他刚一露头，小张便举起手枪。子弹飞过，他应声倒地！两条狼狗狂吠着，像两朵暴风雨中滚动的浓云，一前一后冲出，一个奔向岗楼，一个奔向柴垛。奔向岗楼的，被小张击毙了；奔向柴垛的，被步枪手撂倒了。不同的是前一条狼狗吃了一颗枪子，后一条吞了两颗。守备队的日本兵听到枪声，携枪而出反击。院子的光亮，让他们成为鲜明的靶子，在交战中处于劣势。支队伤亡极小地冲进守备队，可以说是旗开得胜。

然而谁也没有料到，那三辆刚离开不久的摩托车回来了！

十一个荷枪实弹的日本兵回来了！

父亲说抗战胜利后，他路过那个小镇，才知道那天日本兵为什么突然回返。原来镇上的几个农民，看不惯开烧锅的夫妇做日本人的生意，知道小年的这天他们又要来喝酒，自制了燃烧弹，投向烧锅，让烈火吞噬了它！

他们在返回途中，已经听到了守备队传来的枪声。

父亲说他们受到了前后夹击，优势立刻转为劣势。

当队伍冲向弹药库和粮库的时候，没想到这两座库，居然还有碉堡的功能，这是他们事先没有侦察到的。虽说守备队门前的岗哨形同虚设，但粮库和弹药库，哨兵一直在岗。这两座仓库架设的机枪，让暴露在空场的战士陷入绝境，父亲说大部分战友牺牲在那里，包括支队长，以及两名救护伤员的女战士。

最终从虎口脱险的，只有五个人，一个副支队长，三名战士（两男一女），加上父亲这个伙头军。当然，父亲说他是后来才知道的，因为逃出的五个人，分了三个方向。

他们事先也制定了撤退计划，一般来说，为牵制敌人，保存实力，撤退时会分两个方向。火光中父亲不辨东西，所以他开辟了一个撤退的第三方向。

他们没有全军覆没，得益于绰号磨牙王的战士。这个人爱磨牙到什么程度呢？不仅睡觉磨，行军磨，吃饭也磨。挨着他睡的战士，梦中被他扰醒，常将臭袜子塞他嘴里。他咬着袜子，吭吭哧哧的，磨不出声了，但醒来后塞袜子的战士就惨了，袜子湿漉漉的不说，对着太阳一照，还亮光点点（到处是窟窿眼），好像他用牙齿，在袜子上播撒了繁星。

父亲说交战处于被动时，靠近粮库的副支队长下达了撤退令，父亲眼见着身负重伤的磨牙王，咬着牙，趁乱爬向弹药库，在冻土上爬出一条墨似的血痕，用自制的手雷引爆了弹药库。剧烈的爆炸令大地震颤，冲天的火光像一条条金红的鲤鱼，跃向夜空，守备队周围的铁丝网被撕裂了，日本兵赶紧转向粮库防御。

父亲就从弹药库北侧逃了出来。从此以后，与磨牙相似的声音，比如吱扭的扁担声、喑哑的拉锯声，甚至是老鼠啃东西的声音，都被他视为美音。

父亲逃得并不顺利，一个日本兵不屈不挠地追捕他，两个人之间的周旋和战斗，也就进行了大半夜。

初始父亲并未察觉身后有人，他戴着狗皮护耳，呼哧带喘的，加上踏雪发出的咯吱声，根本听不到背后的动静。由于撤离方向有误，预先藏在守备队山后沟塘的滑雪板，对父亲来说是梦里的彩虹，遥不可及，他在雪中跋涉了一个多小时，才走了七八里路。但父亲觉得这距离足够安全了，他停下来，打算歇歇脚，给身体补充点能量。

父亲说作为伙头军，无论行军还是打仗，他总是背着一口铁锅。那铁锅跟菜墩那般大，与他的背一样宽，所以他背着它的时候，一点也不突兀，就像他身体的一部分，当然这使他看上去像个罗锅。除了铁锅，他棉袄外还斜挎着干粮袋，里面装着二斤左右的炒米。此外他棉军服的里子，靠近胸口的地方，还缝了两个布袋，一个装盐，一个盛火柴。火柴和盐，是部队陷入被动时的救生索。

父亲停下的一刻头晕眼花，也许是先前战友的死刺激着他，他忽然恶心起来。当他垂头呕吐的时候，后背的锅猛地一震，冲击力让他险些栽倒，接着右前方树丛闪出一团白炽的火花，好像彗星划过，父亲马上意识到这是子弹擦着锅的右角飞过，后有敌手追击！父亲本能地卧倒，拔出枪来，匍匐到一处雪坎，以此为掩体。

父亲讲起这个人时，总以"敌手"相称，那么我也随他这么叫吧。

雪已停了，父亲说借着雪地的反光，依稀看见一团黑影在树丛飘动，距他不过四五十米。敌手对父亲的突然消失满怀警觉，因为他知道子弹打飞了，父亲不是中弹消失的，对方已进入防御,他的最佳进攻机会葬送了。敌手开始隐蔽自己,父亲说那团黑影下沉了,鬼影似的不见了,证明他也就势趴在雪地上了。那年雪大,积雪足有两尺,正好隐蔽。

父亲说他所在的支队的武器装备,在当时算精良的,有七八条老套筒步枪,还有两把毛瑟枪。手枪中好的是缴获来的王八盒子,其余的是自制的转轮手枪。而有的队伍武器装备紧张,像伙头军和救护兵,只配备大刀,而父亲所在的支队人人有枪。父亲所持的是一支自制的转轮手枪,有些笨重,但很好使。父亲自诩枪法不错,用它打过野猪和狍子,为支队改善伙食。不过对他的枪法,我一直怀疑他有吹嘘的成分,因为在我童年时,看他参加武装部的运动会,父亲投掷的铁饼和铅球,都是不听话的孩子,落脚点不在规定范围内,没一次成绩有效的。还有他每每教训我时,无论是飞向我的砖头还是空酒瓶,也无一砸中。当然,也许他只是为了吓唬我,没让它们走正确路线。

在与日军守备队的交战中,父亲所带的子弹基本用光,只剩三发。每一发对他来讲,都贵如黄金。父亲说一个人在野外作战,子弹的用途多着去了。既可抵御敌手,又可预防野兽袭击,还可以猎取动物、获得食物,以及向搜寻自己的人发出求救信号。除了这些，父亲说子弹还有一项顶要紧的功能，万一奄奄一息，有落入敌手的危险，不如给自己个痛快，所以他说要给自己留颗子弹，就当是藏着一块人生最后的糖。

但那个晚上，他的糖果没能保住。

父亲说腊月天本来就冷，加上夜间气温骤然降至零下三十多摄氏度，人趴在雪坎上，一刻钟就冻木了。如果双方僵持下去，都将被活活冻死。为了让敌手主动出击，父亲想了个办法。他穿了两层衣服，里层是棉绒秋衣，外层是棉袄。他不顾严寒，卸下锅和干粮袋，脱下棉袄，将里层的秋衣脱下，再把棉袄穿回，锅背上，顺手捡了一根被暴风雪刮断的柞木树杈，故意大声咳嗽几声，引起敌手注意，然后用树杈将秋衣挑起来，轻轻舞动，制造他在运动的假象，敌手果然上当，连着两发子弹打过来，父亲说那家伙的枪法真不错，子弹都是穿过秋衣呼啸而过。两发子弹过后，父亲丢下树杈，让秋衣垂落，使对方以为他中弹了。果然，敌手认为父亲凶多吉少，慢慢露出头来，缓缓朝前移动，准备察看战果。当敌手走了十多米时，父亲扣动扳机，想在最有利的时机下，一枪撂倒他。可是也不知是手冻得麻木了，还是移动状态的黑影有点飘忽，总之第一颗子弹打飞了。

枪声让他暴露，敌手自知上当，卧倒瞬间，父亲又开了第二枪，这一枪中弹的是一棵树，树发出嘶嘶叫声，火花绽放。父亲说他剩下最后一发子弹后，反倒镇定了。双方都知未伤对方皮毛，也就是说，他们的生命，处于同一地平线上，谁有日出，就看命运了。

父亲说他占据的雪坎驼峰一样凸起，是天然堑壕，毕竟有利，不想转移。但他知道卧在雪地撑不了多久，所以紧盯着那个方向，等待敌手的意志先崩溃。他们对峙了近半小时，父亲说他感觉周身的血液要凝固的时刻，敌手背后传来凄厉的狼嚎。这声音对一直萦绕着支队的父亲来说，习以为常，权当是老朋友来打招呼，可敌手却感到危机，躁动不安，听得见他潜伏之处传出咯吱咯吱的声音，他想着避开狼吧，终于起身了，一直全神贯注盯着他的父亲，就在他露头的一瞬，打了最后一枪。

父亲很镇定，撤退时没忘了将中弹的秋衣拿上，顺手系在腰间，将两只袖子打结。他说现在很多人在运动时喜欢把外套脱下来这样装扮，自以为时髦呢，其实那时他就这么干了。那天西北风从背后吹得厉害，秋衣像棉帘子护住腰臀，让他暖和不少。

父亲说自己太走运了，等后来终于瞅清他时，才知道最后一枪，击中了敌手的左肩，而这家伙是个左撇子，右手虽也能持枪，但枪法比起左手差远了，所以尽管父亲消耗了所有子弹后被迫撤退，而为避免中枪采取蛇形方式，忽左忽右，但暴露在敌手有利射程范围的他，没有倒下。那人开的最后两枪，都成了献给夜的森林的小礼花。

父亲是什么时候察觉到敌手也没子弹了呢？他说为了便于听动静，他解开了护耳，在雪地跋涉约两里路后，他不再听到背后传来枪声，只是越来越清晰的狼嚎，觉得奇怪，回身一望，隐约见尾随他的敌手所挎的枪，似乎枪头朝上，说明它也无用武之地了。父亲说那一刻他轻松了一下，赶紧放慢脚步，撒了泡尿。他说战事紧急时，只要不是冬天，尿就撒在裤子里，尤其是雨天的时候。可是北风呼号时节，一泡尿下去，不出一刻钟，裤裆就会冻成硬坨，男人的家伙挨着冰坨，再强旺的人也会废了！父亲说如果那样，就不会有我和姐姐的出生了。

父亲撒完尿，再回身看了一眼，敌手追得近了些，但离他还有二三十米的样子。他走得踉踉跄跄的，看得出很吃力。父亲也没多想，心想你有耐力就追吧。武器都成了哑巴后，双方拼的就是毅力、体力和运气了。

雪又下了起来。父亲说不下雪的话，他不会迷失方向，他本来是向着四道岭新建的密营方向撤退的，他渴望在那儿与离散的战友汇合，渴望着在地窨子笼起火，喝上一缸热水，吃顿饭，踏实睡一觉。

然而雪越下越大，父亲说雪夜的森林，就是打了数不清的烟幕弹，你不走上歧路都不可能。他分辨不出东西南北，觉得哪儿都是前方，可走了一个小时后，会突然发现，自己又回到了先前经过的地方。敌手无路可走，紧追父亲。父亲怎样走，他就怎样追随，父亲想除了斗志在起作用，这家伙一直跟着可能与背后狼的追逐以及他无法辨认来时的路有关，也就是说，他也无力撤退了。

他们就这样在飞雪中又行进了两个多小时，午夜时分，父亲实在走不动了，在靠近河岸的灌木丛停下。飞雪中林木模糊，可狼的叫声一点也不模糊，愈发清晰。对付狼，火光就是子弹，父亲打算与敌手，徒手决一死战，如果幸存的话，就卸下锅，燃起一堆火，化点雪水，就着热水吃炒米。想起炒米，他一摸斜挎的干粮袋，却是瘪的，他立时就腿软了。父亲仔细摸索，发现干粮袋靠近后脊梁的部位，有道寸长的口子，看来这一通急走，穿山时被树枝给刮破的，炒米白白流失了。所幸吊在干粮袋上的茶缸还在，行军中它既能喝水，还能当食物的容器。父亲说鸟儿要是寻到遗落的炒米，一定会张开翅膀欢呼。他说脱险以后，干粮袋就不在衣服最外面斜挎着了，而是像护卫盐和火柴似的，将其当银元捆在腰间，这样就不会有闪失了。

老实说复述到此，我觉得父亲无数次唠叨的这个故事，没啥新奇，无非是他们行动失败，他单枪匹马撤退，被一个敌手，不懈追击而已。

但接下来发生的故事，尽管父亲每次讲述时，语气是平静的，但总能在我心底搅起波澜。我对后半程的故事永不厌倦，就像对一首喜欢的乐曲，不管循环播放多少次，依然爱听。

雪没停，父亲选择了靠近河谷的一片灌木丛停了下来。除了手枪，他还携带一把三寸长的钢刀。作为伙头军，这把刀的主要用途是炊事，剜个野菜，剥点引火的桦树皮，打到野兽开荤时用于肢解动物等。当然危急时刻，它还可以作为武器。

父亲说他卸下锅，把枪也卸下，看着敌手一步步逼近。他的喘息传来了，如此沉重，好像喘不动的样子。父亲手握钢刀,身体绷紧,做好了决战准备。 可是敌手踩着父亲趟出的脚印,趔趔趄趄靠近他时,既没做出战斗的姿态,也没举手投降,而是一头栽倒在雪地上。 父亲怕他佯装倒下,持刀慢慢凑近,才发现他左臂中弹了,他的军服残破不堪。 原来情急之下,他撕扯军服当绷带,包扎伤口了。 可是他伤得厉害,军服的面料又不适宜做敷料,所以包扎处渗血严重,一团墨色。 父亲说他从未见过一个人的眼睛会在夜的飞雪中发出那样强的光,锐利、绝望,又不甘。 敌手打着寒战,牙齿磨得咯咯响,不知他是被疼痛折磨的,还是因为憎恨父亲。

父亲先缴了他的枪。 是一支轻便灵活的三八式步骑枪,俗称小马盖子枪,父亲说那是女战士最喜欢的一款枪。 他最终靠着这支枪,俘获了母亲的芳心,那时她在后方营房的被服厂做军服,当然这是后话了。

小马盖子枪到手后,父亲继续搜他身,没发现手枪和刀具,说明他们仓促应战中,装备不足。 父亲说本来可以一刀子扎在他心口上,让失去反抗能力的敌手立即毙命,但见他气息奄奄,挺不了多久了,再说狼嚎声越来越近,父亲准备赶紧点火。 敌手受伤后,伤口没包扎好,血滴在雪地上,父亲想,是血腥气让嗅觉灵敏的狼一路跟着吧。狼的叫声越来越近时，父亲听出至少两条狼在叫，一种声音富有攻击性，凄厉而有穿透力；一种比较婉转、犹疑，像婴儿的啼哭，让他有似曾相识之感。

父亲在灌木丛划拉了一抱干枯的树枝，又找了棵桦树，剥了块桦树皮，生起火来。这堆火距离敌手倒地之处，有四五米远。父亲把锅支上，想融化点雪水来喝。没有食物，吃几粒盐，喝一缸热水，也能补充能量。

他烧雪水的时候，想着该怎样处置敌手。他失血过多，倒地后就再也没能爬起来。父亲知道这样下去，不出几个小时，他就会死在那片灌木丛。他似乎不惧怕父亲，但对狼的叫声表现出异常的惊恐，狼一叫唤，他就呻吟。

父亲又找来一些柴火，打算在篝火旁多休息两个小时，等雪停了再行动。他抱着柴火回到篝火旁时，雪水烧沸了，狼也来到近前。躲避在灌木丛后的狼，交替发出叫声，一种是带着威慑和焦急情绪的大叫，一种是呼唤故人似的低沉呼唤。敌手哼唧得更厉害了，他身体扭曲着，似乎想努力爬到篝火这来，可他终归没能离开跌倒之地半步。

父亲是怎么判断出徘徊在附近的狼，有一只就是他熟悉的瞎眼狼的呢？他喝过一缸热水后，发现篝火的斜对面，狼发声之处的灌木丛，有两个黄绿色的光点在闪烁，那是狼眼发出的光。两条狼应该有四个发光点，可父亲说他望了多次，总是两个光点，这说明另一条狼的眼睛是不发光的，它不是瞎眼狼又会是谁呢！父亲说直到这时他才明白，为啥有一条狼发出的叫声，令他有熟悉的感觉。

一缸热水落肚，父亲觉得已快凝固的血液，开始苏醒，一波一波地缓缓流动了。他摸出几粒盐，当点心一样品咂。直到和平时期，父亲都有囤积食盐的习惯，这与他战争年代的经历有关吧，他常说盐粒是尘世的珍珠！

不瞎的狼一定是饥饿到极点了，它的叫声带着极度的不耐烦和愤怒。父亲向篝火填了更多的柴，让它愈发旺盛，篝火噼啪燃烧，就像黑夜的心脏，怦怦跳动。父亲说他歇息的时候，不时瞄一眼敌手，他努力挥起右手，似在召唤他。父亲走过去，发现他浑身颤抖，脸被疼痛和恐惧折磨得扭曲变形，他对着父亲，从牙缝中迸出一个"冷——"字，父亲明白，他这是想离篝火近些。父亲犹豫了一下，想着这可能是他此生的最后愿望了，最终还是又怜又恨的，拽起他双脚，确切说是拽着一双半新的长腰马靴，将他扯到篝火旁。篝火照耀着他，他发出一声怪异的笑声。不知是被篝火激动的，还是因父亲最终屈从了他而得意的。

敌手是个年轻的士兵，懂得一点中国话，说不连贯，单字单字地蹦。他到了篝火旁，先是艰难吐出个"水——"字，父亲没搭理他；他又吐出个"盐——"字，父亲还是没搭理他。父亲说了，水和盐的摄入，也许会让一条毒蛇苏醒。想着自己差点成为他枪下的鬼，想着牺牲的磨牙王，父亲甚至觉得把他拖到篝火旁，让他得到最后的人间温暖，都是对战友的背叛。

父亲说那夜的篝火太美了，将它周围飘舞的雪花，映照得像一群金翅的蝴蝶！他看着飞旋在铁锅上空的雪花，心想它们要是化成小年的饺子，该有多好啊。父亲饿得慌，狼也饿得慌。一条狼始终凶悍地叫，它一定希冀篝火快点熄灭，黎明快些到来。敌手怕自己最终会成为狼的盘中餐吧，他在生命的最后时刻，拼尽全力，拍一下自己，然后指指篝火，再吃力地拍一下自己，再指指篝火。父亲明白，他想让他火葬了他。父亲说你要是投降，优待俘虏，我或许可以考虑。敌手听得懂父亲的话，但他没有将手上举，而是牢牢贴在胸口，像守卫最后的堡垒，至死没有做出投降的姿势。

敌手挣扎了最后一程,凌晨两三点钟死了。父亲说这时雪停了,老天爷不撒纸钱似的雪花了。西北风刮了起来,父亲又捡了一抱柴,让篝火始终处于旺盛状态。父亲饿得肚子咕咕直叫,可雪水沸腾的铁锅,依然没有可煮食的东西。父亲再次搜敌手的身,希冀有所发现,万一有两块压缩饼干,或是一支香烟,那将是这个小年的好享受了,可他最终失望了。他只在军服的口袋里搜出两样东西,一个是一方蓝格子手帕,另一个是长方形金属外壳的镜盒。打开一看,里面竟夹着一张二寸的黑白相片。父亲凑近篝火一看,那是个穿着印花和服的姑娘,她额头很宽,鼻子小巧,微微垂头,浅浅笑着,满眼都是甜蜜。这掩藏在镜盒里的姑娘的相片,令父亲有看见原野小花的感觉。父亲想这相片中的人,也许是敌手远在家乡的恋人,而她再也见不到心上人了。父亲将镜盒放回敌手的口袋,而将蓝格子手帕揣进自己兜里了。

父亲从敌手的头一直细搜到脚,突然有了救命的发现。敌手穿着的马靴,是长靴,长靴通常是军官和骑兵的装备。从这名士兵的肩章和帽子看出,他不是军官,那么他是守备队中的一名骑兵？军官的靴筒通常为平口的，而骑兵长靴为斜口的。父亲说敌手的马靴就是斜口的，深棕色，里面有黑色绒毛，极其保暖。靴子是上好的牛皮的，靴帮靠近脚腕处，有一圈韭菜叶宽的装饰带，好像给这靴子戴了一个项圈。

父亲将这两只靴子从敌手脚上拔下来，靠近篝火，用钢刀切割靴子。靴筒很温乎，敌手死了，可他身体的余温未散，孤魂似的游荡。父亲说摸到热气时，他心里哆嗦一下，望了一眼敌手，他死时眼睛没闭上，父亲停下手，将敌手的那块蓝格子手帕掏出来，走过去蒙在他脸上。父亲每每讲到这个细节，我总要问，你是怕他看见你吃他的马靴吧？父亲的回答总是，一个死了的人，唉，他就是没闭上眼的话，哪能真瞅见呢。他并不解释给他蒙面的具体原因。

父亲割掉靴底，将要扔掉时，发现靴底烙印着一行字，仔细辨认，原来是"昭和十二年制"的字样。他将靴底撇得远远的，说是感觉是将这罪恶的一年给抛掉了。父亲划开靴帮，燎猪毛似的，将靴筒绒毛在火上处理掉，再用刀子，将它一遍遍地刮着，除掉绒毛烧后留下的灰烬，再尽力刮掉所染的颜色，让牛皮尽量恢复本色。他数了数，一双马靴，经他分解后，得了大大小小的牛皮，一共十块。他将它们放进雪堆，一遍遍揉搓，使它们更为清洁，然后加柴调旺篝火，往铁锅续了雪，使融化的水更多，把马靴皮下到锅里，又折了几簇樟子松苍绿的松枝，作为提香除秽的调料，投进锅里，开始炖马靴了。

父亲说火旺，锅很快就烧开了，咕嘟嘟冒热气。在冬夜的山林，这口锅散发的水蒸气，在升腾的一刻，被篝火映照得像一条腾空的金龙。没有锅盖，水汽蒸发极快，父亲不停地往锅里添雪。马靴的气味渐渐散发出来，初始是糊味，跟着是膻味，半小时后，牛皮仿佛被熬煮得苏醒了，淡淡的香气出来了。父亲说他等不及了，狼也没耐心了，它们闻到肉皮的气味，嗥叫不休。一种是威慑性的想要攫取的叫声，一种是乞求施舍的温和的叫声。

父亲用桦树枝条做筷子，捞出最大那块马靴皮，用刀切下一小块，填进嘴里。牛皮虽然膨胀起来了，但炖得时间不长，极其难嚼。父亲努力吃了半块，将余下的一分为二，撒给盘踞在灌木丛的狼。我问他食物如此短缺，为啥还要喂狼？他说可能是习惯吧，毕竟瞎眼狼在那里。再说狼得了吃的，就不会过来吃人。他说的人，是否包括敌手呢？这个话题我始终没敢问他，直到他辞世。

父亲说肚子一旦有了食物，哪怕只是垫了个底儿，心就不慌了。西北风越刮越大，树也开始呜呜叫起来。父亲不担心会有敌兵追来，因为路途艰险不说，他们留在雪地的足迹，早被飞雪和狂风搅起的雪浪给荡平了，任谁也别想找到他们了。

马靴又被炖了一段时间后，终于嚼得动了，父亲吃了两块，体力恢复了，他将剩下的牛皮捞出来。父亲说几乎就是打个哈欠的工夫，它们就在寒风中凉透了，再打个哈欠的工夫，它们就冻硬了，父亲将它们当点心，分别揣进裤兜，然后取下篝火上的铁锅。热锅落在雪地的一刻，发出"吱吱"的叫声，父亲说锅底下的雪被烫得不轻，破了很大一片，流出汩汩雪水，但热锅烫伤的雪，很快结痂，寒风也让热锅成了冷锅。父亲抬头望了望天，雪停了，但夜空还没晴朗起来，望不见北斗星，父亲不知置身何方。夜晚的山岭，看上去都是一个模样，按照父亲的比喻，它们就像一把把钢刀插在那里，阴森恐怖，让人觉得是在屠宰场。

父亲本不想天亮前出发的，他不知该走向哪里。天明以后，他能从太阳判断方向。可是狼逼得他必须走，因为它们窸窸窸窣窣地冲出灌木丛，朝向篝火了，显然那点牛皮，不够打牙祭的。父亲说当它们离自己仅有五六米远时，他在它们斜对面，借着残余的篝火，望见了一生难忘的情景，两条狼一前一后，呈一条直线，前面的狼高大威猛，后面的狼矮小瘦削。前狼挣扎着向前，后狼拼死咬住前狼的尾巴，试图阻止它的步伐。父亲认出了后狼就是瞎眼狼。他说从未见过狼眼会泛出红光，前狼试图奔向篝火旁边的人时，眼睛漫溢的就是这种光，也不知是不是篝火映的。父亲"嗨——嗨——"地叫了两声，这是以往瞎眼狼尾随支队时，他抛给它食物时，惯常的招呼声。瞎眼狼显然熟悉父亲的呼唤，它更加用力地往回拽前狼，前狼的尾巴绷得直直的，像一支在弦之箭，就要绷不住了，它的尾巴随时有被扯掉的危险，痛到极点，叫声格外瘆人。最终前狼让步了，瞎眼狼将它生生地拖回灌木丛。父亲长吁一口气，感恩似的分出两块牛皮，投给它们。

父亲说既然前狼连火光都不怕了，久留于他来讲，危险太大了，他准备出发。他本想换上敌手的棉服，它的保暖性更好，可是这件棉服的肩胛处，被父亲发射的子弹打穿后，先前涌出的鲜血已成凝固剂，衣服破损污秽不说，要是强行脱下，等于撕敌手的皮。最终父亲将他的帽子取下,扣在自己头上。然后划拉了一抱柴,将篝火调得旺旺的,拔腿出发了。

常听父亲讲炖马靴故事的母亲和我,一再问过父亲,你都要开拔了,还点篝火做什么?是不是火葬了敌手?父亲给出的答案总是模棱两可的。有时他说:"我缴了他的枪,还吃了他的马靴,不然就得饿死啊。"有时他说:"我战友的尸骨还不知埋在哪里呢。"有时他说:"那晚上没月亮,生火能照亮一段路啊。"最接近答案真相的一次,他说:"唉,让他和那个姑娘的相片一起化成灰,他做鬼也值了吧。"

父亲说他根据西北风吹来的方向判断,他要撤退到队伍的密营,得与风向逆向而行。结果他走了一两里路后,风竟然休克了,没了,他等于丧失了唯一路标,又不知所向了。按照父亲的说法,当时森林整个冻僵了,树枝动也不动,连一声野生动物的叫声都没有,他感觉自己在地狱中。天渐渐亮了,可它亮在阴云里,父亲期待的太阳没有现身。就在他走投无路之际,他听见了背后有走兽的声音,回身一望,距他五米多远,就是那两条狼!冬季的狼皮毛黯淡,它们就像荒草堆一样。瞎眼狼还是在后面,叼着前狼的尾巴。前狼见着父亲,停了下来,它的目光柔和多了。瞎眼狼低低叫着，安慰着陷入绝境的父亲。父亲仔细打量前狼，发现它是条年轻的公狼，它对瞎眼狼不敢违命，原来是瞎眼狼的儿子啊！父亲是怎么看出的呢？前狼追上父亲，停下的一瞬，它身后的瞎眼狼，立马松口，放下前狼的尾巴，上前两步，用嘴温柔地触着前狼的脸，似在亲吻，前狼发出撒娇和委屈的叫声。父亲说只有母亲对孩子才能表现出如此的怜惜和爱抚，也只有孝顺的孩子，才会对母亲发出的哪怕它不喜欢的指向，俯首帖耳。直到这时，父亲才明白瞎眼狼当年为什么怀孕，它是为自己的未来生活，寻找一双眼睛啊！不知瞎眼狼一窝生了几仔，存活几只，它的丈夫和它另外的骨肉，也许都因嫌弃而背弃了它，但至少父亲看到了，有一只忠勇的小狼，把自己的尾巴当做母亲的生命线，在荒无人烟的深山，不离不弃地牵引着它。父亲说瞎眼狼所叼着的尾巴，是它生命的脐带，也是一道藏在心底的光啊。

后来的故事，我和母亲差不多都能背诵了，天连阴了三天，不见日月，瞎眼狼和它的孩子在前引路，把父亲领出迷途。他们靠着所剩的煮熟的马靴皮，和深埋在雪下的红豆浆果，以及山洞的骨头，渡过难关。而那些骨头，有瞎眼狼备下的，也有父亲当年丢给它的。骨头怎么吃呢？父亲说晚上在山洞口生起火后，会把它们在火上烤酥，这时的骨头就能咬动了。而小狼很卖力地想帮他们解决伙食，其间它发现一只雪兔，可它跳跃着要扑向它的时候，它的母亲松开它的尾巴过慢，它扑了个空。母子狼最终带着他，靠近了一个村庄。父亲说闻到炊烟的气息后，瞎眼狼觉得告别的时刻到了，它松开嘴，用两只前爪激动地刨着地，洗尘似的，快乐地躺倒，在雪地打了几个滚，然后起身抖了抖毛，沾在它身上的雪粉飞溅出来，飞进父亲的眼睛，与他的泪水相逢。瞎眼狼看不见父亲的泪，它无比骄傲地仰天嗷嗷叫了几声，仿佛宣告它的使命完成了。小狼卸下了父亲这个沉重包袱，得到解放，它比母狼还要欢欣鼓舞，父亲说它原地转了好几个圈，像在跳舞，然后站定看着父亲，身体后倾，调皮地做出进攻的姿态，长嗥一声，最后吓唬一下父亲。

　　母子狼转身走了，依然是小狼在前，瞎眼狼叼着孩子的尾巴在后。父亲说它们转身前，他给两条狼作了个揖，瞎眼狼无法看见，小狼却并不领情，对着他又是一声长嗥，好像在说，少来这套，没吃掉你，算你走运！父亲说他夜晚栖息在山洞的那三天，瞎眼狼守候在洞口外，也不忘了叼着小狼的尾巴，怕它万一不听话，会对父亲下口吧。

父亲得救后，认识了后方被服厂的母亲，那支缴获来的小马盖子枪，经组织同意，配给了后来跟父亲一同上阵的母亲。他们在我之前，生了一个女孩，跟着他们转战，营养匮乏，两岁就死了。我命好，出生在抗战胜利后。父亲待我甚为严格，他像严苛的教官，要求我学习攀岩、游泳、滑雪、测绘、爆破甚至跳伞等本领。据母亲说，这些都是抗联战士当年要学的科目。每到小年的时候，他都要讲一遍炖马靴的故事。所以我落下了一个毛病，父亲去世后，每年腊月二十三，我也给我的儿子，讲炖马靴的故事。而且我退休后，爱泡在图书馆的地方志资料室里，查阅抗联时期的相关历史资料，希冀能找到头道岭二道岭四道岭的位置，希冀能找到那个不依不饶追逐父亲的敌手的资料，希冀能够从民间资料中看到有关瞎眼狼的传说，可是我就像一个蹩脚的渔夫，撒下无数片网，却终无所获。最后我甚至怀疑，父亲的这个故事，是不是编造的。但有一点肯定的是，父亲中弹的棉绒秋衣，弹孔还在，边缘处的烧灼痕迹清晰可见，不过它没有传到我们下一代手里，而是在抗联博物馆陈列室的橱窗里。

父亲去世的次年，母亲也走了，他们都活过了八十岁。炖马靴的故事,只有我一个人给下一代讲了。儿子是做网站编辑的,他每次听这故事,总要俏皮地说,驴马牛都是大牲口,算是一族的,爷爷当年在山中,吃的可是大补的阿胶啊。之后便骂张学良,说当年他要是带领东北军抵抗侵略军的话,日军不会轻易占领东北。他说当年的东北军是只老虎,空军有两百架战机,地面部队也不错。张作霖当时开办的兵工厂设备优良,还有德国进口的设备呢,所以造的武器也过硬。儿子说要是张作霖不被炸死,妈拉个巴子的,侵略者休想进犯东北半步!儿子经常是发完牢骚,就会打电话叫外卖,外卖的主角是猪皮冻和鱼皮冻,他说动物的皮,是身体的精华。我想他是用他的肠胃,帮助他的精神,记忆这个故事吧。

最后我要补充的是,父亲每回讲完炖马靴的故事,总要仰天慨叹一句:人呐,得想着给自己的后路,留点骨头!

迟到的青年

黄锦树

授奖词

《迟到的青年》讲述弃子的一生。在无根的大地和海洋上飘零,时间皱褶如掌纹,一次次的迟到是对现代和国族的反讽。他的哀告有泪,变形中又镌刻着汉语的密码,这是他华丽而隐秘的文身,在回旋和反复中成就为动人的叹息和故事。

一

早在远洋轮毛里塔尼亚号预定抵达马六甲海峡的前三个小时，海峡殖民地政府即在新加坡笈巴港口埋伏了三百多名士兵、警察、便衣、特务，多半伪装成等待旅人的家属。为了让场面看起来逼真些，好些便装女兵、辜卡兵还从亲戚那里借来小孩，嬉嬉闹闹的，追着球或玩着风车。

这是最后的机会了。

海风格外黏稠，海鸥凄厉。某处山头上的寺庙当当当当地敲响了钟，火烧云，好似某处大森林着火了似的。

但他们一直等到天黑，船还没到，已经迟到好几个小时了。港务局联络船长，船长却说一切正常，会准时抵达。少数敏感的人发现时间好像变慢了，不论是钟还是表，每秒每分都显著迟疑。

两周前船停泊印度德里时，大英帝国即已派遣多位驻在当地的特务精锐登船，以为可以一举将他掳获。不知怎的一直没有稍微像样的消息回报。如果成功的话，早就给新加坡拍电报了；即使失败，也该发个讯息。说完全没有消息也不准确，在各站都有精锐发回电报，也许过于仓促，都只是蛛丝马迹。德里那里发出的只是个字母 b，如果说是 b 计划，b 计划不是撤离吗？但怎不见他们撤离？

但那些干员都没再出现，也别无讯息。这种死寂的情况，总部研判是凶多吉少，一般而言是全军覆没，来不及再发出任何讯息。这让军情六处大为震惊，派遣了多位高手，在船短暂停留槟榔屿时登船，但情况和在德里时类似；传出来的是 bir，是鞭打（birch）吗？接着是马六甲，也一样好似什么事都没发生。只传出 ds，更不知是字头还是字的屁股。内部的密码专家把这一切片断的讯息组合起来，研判应该是这一个常用字："birds。"但为什么呢？那一带鸟特别多吗？还是它象征什么？是说那人像鸟那样会飞吗？

因此情况变得相当紧急,如果那人已经逃进马来半岛阴森稠密的雨林,只怕就更麻烦了。由于驻扎在各码头的探子都回报说,没看到疑似那人下船,那种船上三等舱旅客有色人种有时达数百人,头等二等舱就少了,不过是几个华人、白皮印度人、阿拉伯人,都是富裕的绅士。然而各码头加起来还是有二十七个可疑的男人被留置,历经彻底的搜身、严厉的审问,十七个苦力、五个商人、三个小学教师、两个小偷,都没什么嫌疑。有关方面因而研判他应该还在船上。

但那船不知为何迟迟不离开马六甲港口,好似被淤积的底泥给牢牢吸住了。

因而总督亲自拍板定案,准备把他困在星岛,好来个瓮中抓鳖。

半年前船离开利物浦时,军情处就已掌握相当准确的情报,掌握了那人的姓名、长相、衣着、化名、公开使用的身份资料等(都是多数,他的生平像是一本故事集。甚至性别、种族、身高也都不是那么确定,有时姓马,有时姓牛,有时姓杨,Anderson,Edward,Franz,Ibrahim,Mohamad,Walter……)。虽然辗转送达的照片都嫌朦胧——颗粒粗大的黑白照,有着复杂的差异。若去异存同，则可以归纳出以下特征：发黑而浓，眉眼唇都如墨染晕开，但仍看得出是个东方脸孔，像是个犹太人，有时年轻，有时衰老。过大的毛料风衣，宽大的领子反衬得头颅小，脸尖，耳亦尖，表情有旧木头的纹理。背拱起，整体上予人驼背小人躲在大衣里的感觉，仿佛畏寒。总是微微地侧着脸，也像是在逃避什么。复制的证件照，像脸谱。记者不经意拍到的照片，像是极其拙劣的印刷过度的复制品。再者是那口看起来沉甸甸的灰色方形皮箱，透过照片都可以感受到它的重量，他持皮箱的那一侧明显欹侧。除非，他是残障人士。多方讨论后，伦敦方面决定锁定这一形象，研判是个中国人，并给他取了个代号 C（Chinese）。后来才知道蒋介石的情报头子戴笠研判那是个犹太人，并戏谑地给他取了个代号 J（Jisus）……

其实他一开始出现就被这世间的机器之眼给捕捉到了。一年前，雪花纷纷，瑟缩在上海街头的报摊前抽烟，被一个日本密探拍下。九个月前，在北京某大学广场上激昂的大学生之间，聆听鲁迅的演讲，被某记者摄入作为背景。七个月前，神色漠然地在莫斯科开往柏林的有流放者同行的火车上，大雪纷飞。年月不详，积雪覆盖的鹿特丹码头缆绳旁，船的阴影巨大而不分明，低头若有所思，像个忧伤的印尼人。雨中伦敦的红色邮筒前仰望大钟楼，似是典型的流浪至殖民母国为家国命运发愁的青年。当资料由各地眼线和当地特务交换或交易而来，汇总到伦敦时，他已经登上往新加坡的邮轮，而且即将抵达印度。

纳粹德国情报部门最早给他取了个 K 的代号，且不知为何被判定为"极其危险"；同样的判断出现在莫斯科、法国、荷兰的情报部门，尔后日本的相关部门也跟进了，也作出了近似的判断，切腹自杀的情报员在遗书中留下一句费解的话："时间被他偷走了。"

军情六处负责这案子的专员亨利仔细研究收集到的各种情报后，百思不得其解，为什么他们不把他抓起来呢，为什么任其流动——唯一的可能或许是，他们动不了他。

如果真是如此，那为什么？他到底会带来什么危险？

当印度的行动失败后，亨利就比较有概念了。但还是非常不具体。从欧洲的照片来看，无一不是雨雪天气下拍的。印度那里发生了什么事呢？似乎中国边境突然爆发了一场战争，北方出土了几尊南北朝时代的古佛。最令人纳闷的是，他所到之处，运输工具都变得异常缓慢。火车误点，轮船延搁了。原本四天的航程，变成六天、甚至八天，好像有什么强大的力量阻遏了移动。连飞鸟的行动都变缓慢了。海是一样的海，但似乎海水变得黏稠了，在法国和英格兰之间，有的地方冰封了。但欧洲的冬天本来就是那样，也不足为奇。

但航程中一直有人跳海自杀，列车上也有凶杀案。但那也不能证明什么，哪天没有人死，哪天没有婴儿从女人的胯下钻出来？

当蒸汽船的汽笛远远传来时，却又浓云密布，层层滚卷，像油画那样凝滞，其间有雷电闪闪。大风起，在场的人都感受到一股窒息的压迫，心微微绞痛。六个心脏功能不佳的当场发病，紧抓胸前衣襟，倒了下去。身体变得很重。首先是脚，隔着鞋子还是被地面强力吸附，寸步难移。然后是头，直欲折断掉落。海面冰封，呼啸而过的是极北的冰风，刀子似的划过。但不过一瞬间，好似打了个盹，那阵风过去后，仍是柴油味臭烘烘的日常黄昏。海的咸味、鱼的腥臭，余晖仍是暖洋洋的。旅客正常下船，三层客舱，上千的旅客。

头等舱几个东方脸孔若非日本商人，就是华人富贾，西装笔挺的，于海关都是老面孔；二等舱三等舱倒是有不少形迹可疑的中国旅客。经过一番大费周章的仔细盘查，倒是意外地抓到九个扒手、三十几个帮派分子、二十个妓女、五个间谍、两个乩童、一个唠唠叨叨不断以古语说着天启寓言的疯子。他突然得到神启，七色光打在天灵盖上。

时间或许有一刻静止了。

有的人感到有一阵凉风从身边掠过。有的仿佛看到一个褴褛的身影。有的听到极轻或极重的脚步声。有的闻到一股酸枣的气味。有的听到细微而繁杂的鸟叫声。

但在场的所有人都有一个共通的感觉：眼前的这件事，早就经历过了，也许在昨天，也许在更久以前。然后他们都被推入某个忧郁的昨日，虽在场而不在场，且陷入深深的忧伤。

即便是在山丘上总督府用望远镜眺望的秃头总督大人，也深受冲击，深深地怀念起那不知多久前遗弃的土著女孩。那时他还是个年轻的副官，在伟大的莱佛士大人手下做事。许久以前的时光被拉到眼前，那许许多多欢愉的时刻，两副躯体几乎溶成一体，什么糊涂承诺都可能在那恍惚之间从唇间说出。他清楚地感受到那瞬间，犹如钓竿有鱼上钩时被猛地扯了一下，女孩受孕了。他烈火般的种子猛地钻进她发烫的黑色太阳。然后是她挺着和身躯不成比例的大肚子，筒裙下露出孩子式的脚胫，掖着行囊披散着发离去。他到了娶个体面的白人处女繁衍纯种下一代的年龄了。也许她会诅咒他吧，一如许许多多她的族人被遗弃时。突然一阵风吹来。是的，这事昨天发生过了。好似午睡时落地窗突然被拉开，猛暴的日光直照进他梦的深处，把梦底的积水朽木地衣蘑菇蛞蝓蜗牛瞬间晒得焦干。她的诅咒像影子来到他的眼前，心脏瞬间发出巨大的、间歇的响声，耳畔响起鼓声。身体倒下，像花岗岩那般重。

最清楚发现事态变化的是坡底仅有的那五家钟表店，黄昏时，师傅和学徒都发现墙上的钟有的指针逆行，有的瞬间停止，死了似的，一动也不动，怎么修也修不好。但也有死去的表突然复活了，纵使分针秒针都没了它也努力发出滴答声，齿轮转动。老师傅脸色非常凝重，一直望着天际的红云。

橡胶提前进入落叶时节，宛如被喷洒了毒药似的，由南到北，叶由绿转黄，由黄转红，尔后在清风里飒飒飘落。瞬间树林里仿佛万顷枯木。

数千只乌鸦唳叫着飞过海的那端。

船离开时，亨利将登船，绕过印度洋回伦敦，他也受到过去的强烈召唤。 情人、母亲、私生子。

  小镇昏暗的铁皮屋里一个忧愁的少女,清早被喜鹊唤醒,发现身上令人烦心的症状不见了——不再发热,不再腰酸,不再有强烈的呕吐感,感觉小肚子里空荡荡的。 那个逃走的情人留下的祸害好似不见了。 但她颇疑是梦,因为这样的梦做过太多次了。 每次醒来,都是一场空。 肚子一天天大起来,有时她甚至感觉可以听到肚子里孩子的心跳了。 肚子的孩子好似被凭空偷走了。

  她依稀看到窗外一个佝偻的身影掠过,步伐黏滞,厚重如一口钟;但却像被一阵风推过似的,一小群落叶跟着他,蝴蝶似的,在小小的旋风里上下翻飞。

  一觉醒来,三百只小青蛙发现自己怎么还是蝌蚪,虽然四肢长出来了,也上了岸,但尾巴没有脱落,湿漉漉地拖在屁股后头。

  早晨的阳光斜斜照进郊外的树林,男孩俯身拨去清清流水上覆盖的层层落叶，试图捞取沟中纵游的蓝线鱼。突然他看见不远处有一个被厚重袍子包裹着的人，日光投照在他身上，焕发出淡淡的金色光芒。但更奇怪的是，他缓缓解开外套，掏出一个黑色的鸟笼。男孩听到连串叽叽喳喳的鸟叫声，笼中挤着密密麻麻的小鸟。拉开闸门，就争先恐后地扑翅飞起。看起来不像一只只，而是一团团的，鸟头钻出来后方努力散开，因此翅与翅交击，五色羽毛纷飞。像百货公司开幕的场合，彩带纷飞。

那是各种颜色的小鸟，从笼中不断地吐出，往上飞到枝梢，很快占据了整片树林。

感觉天好似突然暗了下来。

他仿佛记得那人曾经从他背后走过。水中曾映照过一衰老瑟缩的身影。然而当水中再次映现他的身影时，却是个昂扬的青年了，有小鸟追随。

鸟拍动翅膀鼓起的风，有一股骚味。

那青年沿着林中小径走向山丘的方向，几只红的绿的灰的鹦哥在光穿过雾的迷离中，跟着那人沉重的脚步。

那光景，让小孩想起昨夜他突然醒来，打开窗让月光进来的情形，他突然发现，父亲离开的那个晚上，也是那样的月光。

月光大片大片地坠落，轻轻的，像白色的鸟羽。公仔书里的，天使的羽毛。

小孩的鼻水流了下来。他没注意到倒影里的自己突然白发苍苍。

不知道过了多久，他走到墓园边上。

一座巨大的陵园，独自占据了一片山坡地，在一棵大树的庇荫里。鸟飞到树上。陵园像一栋别墅，又像座希腊庙宇，白的长长的石柱，白的屋宇。石桌旁有个乌漆墨黑的人影好似在等他。靠近些，那是刚刚从第三次死亡中复活的祖，正用小刀仔细地刮除身上被大火烧出来的炭疤，一大片一大片毫不犹豫地剥下来，露出最内层血淋淋的肉，或白森森的骨头。

"你终于来了。"他勉强张开炭唇，露出烧成陶色的牙齿。炭脸上眼缝处迸出一道蛇的目光。

因为手几乎都被烧透了，炭化的指头握刀子握得很辛苦，一直掉到地上。他俯身捡时背上发出连串的脆响。

"对不起，我迟到了。"

那青年说。他的声音像是回声，好像是从那个山壁传过来的。

"您要的东西我带来了。"

手提箱搁在石桌上，脱下外套，搁在石凳上。按下手提箱密码，掀开盖子，推到怪物眼前。接着屈身从诸多物件中小心翼翼地捧出一件事物，一个巨大的厚重的瓶子，不知那么小的箱子是怎么塞进去的。一个海螺般大的沙漏。瓶子里有彩色流光晃漾，很热闹的样子。沙漏是老原木的沉色，年轮化成细密的银色螺纹缠绕。他把它竖起来，满瓶金沙缓缓往下泻。

"时间开始了。"风一般的回声沙沙地说。

二

大批军警循线赶到时，墓园静谧死寂，除了那些睾固酮过量的辜卡青年杂牌军沉重的脚步声和重浊如水牛的呼气。如临大敌，他们荷枪实弹地把墓园团团围起来。大风掀起巴掌大的落叶。墙边，一只公鸡旁若无人的正骑在花母鸡背上抖动尾羽。它完事后，跃上墙头引吭啼叫，几乎所有人都发现它是独眼的。此外，情报部的专业人士专注地观察地上那些可疑的脚印，它们的大小、深浅，是什么样的鞋底留下的（令人纳闷的是，皆似无痕平底鞋，印痕轻浅），还郑而重之地摄影存证。随即，他们也发现了数十片厚薄大小不一的木炭，大的手指大小，小如指甲，均用镊子小心翼翼地收集在雪兰莪特制的锡罐里。

颇负盛名的皇家军犬查理、查尔斯和查泰来都被从笼里放出来了，很费劲地到处闻闻嗅嗅，在那棵绿叶覆盖整座墓园的大树下，板根旁有一坨东西。只见它们突然夹着尾巴惊叫，还尿湿了自己的脚，呜呜呜地跳回军车上铁笼里。"哈利冒！"不止一个人惊呼。老虎。难怪附近连一声狗吠都没有。

几个小时前，那一带几个乡镇都发布了临时的戒严令，大量军车警车呼啸在城镇乡间小路上，树林里猿猴的啼叫示警声此起彼落，高处有鹰盘旋。这一带不曾有如此大规模的军事行动，以为有盗匪出没，因此乡镇村民难免惶恐不安，仿佛山雨欲来。

大晴天，赤道骄阳，所有人都加速淌着汗。因此当军警收队离去时，留下的除了杂沓、重叠的靴印，就是宛如小雨后的汗水泥泞，招引了一簇簇黄蝶聚吮，如痴如醉。

那青年，其实人已在数十英里外的小镇。他自己也不知道怎么一回事，在简陋如棚子的车站怎么样买车票，上了火车，窗外的景色向后移动。好像有一阵风推着他走。整趟旅程都好像是一场梦。他经历得多，但记得的少。记忆像风中蝴蝶黄色的羽翼，飞舞的碎片。他记得风雪、樱花、苹果、伏特加、俄罗斯人狼一般浓烈的体味。上了一艘邮轮，横渡大洋。茫茫的海平面没有边际。不知道为什么，一直不会忘记拎起那沉甸甸的旧皮箱，好像是它，而不是别的什么驱使着他行动。好像它是他的记忆、他的意志。但他其实并不确切记得那里头装了什么。是那皮箱，要他到那处墓园，去见那烬余重生之人，交付一个物件，及一句台词。老人的回礼他郑重地收进了皮箱，那是一节泛黄的指骨，是他前一次死亡留下来的纪念品，上头被烧尽的指甲还在极其缓慢地成长着。另一件是花苞状的陶瓶，鼻烟壶大小，木栓封口，盛着泥土。然而他也不记得了，此后左手无名指没来由的隐隐生疼，让他误以为是某次赶上车时被车门狠狠夹了一下。

记忆像供电不稳的电路，灯泡忽明忽灭；像偶然的阵雨，穿堂风。有时没来由的激烈头痛，让他不禁怀疑是不是曾遭围殴重击。或甚至被打裂了重新缝合拼接，以致多了，或缺了某些碎片。下雪时，冷风似乎可以直接穿进脑内，在里头呼啸。那是风雪的记忆。

他当然不知道，在某趟单调乏味的越洋之旅中，趁他企图把压缩多日的老粪排尽时，伪装成服务生的印度支那法国情报部门的特务，潜入他的房间，企图打开他的皮箱，却怎么也打不开。想偷走，却像巨石那样，沉得移不动，还扭伤了手。因此在情报部的档案里，他被注记为"巫师"。

他或许也不记得，那一回在另一艘横越大洋的邮轮上，他和化名阮爱国的一个越南人以流利的法文的窃窃私语，讨论如何把法国殖民者逐出印度支那，也被印支情报部的窃听高手详详细细地记录下来，即便其时风急浪大，海鸥戾叫。

又一回，在另一艘远洋轮上，他和阮爱国互相都以为对方是另外一个人，但被印支情报部的高手指认了出来，把他们对谈的内容详详细细地记录在档案里。但因为交谈是以马来语混合着粤语、闽南语进行的，不巧的是，那位窃听高手的语言能力不是很好，在他以法语记录的档案里，内容显得扑朔迷离。该记录者还小字注记说，奇怪，怎么两个大男人花几个小时眉飞色舞在讨论马来群岛的各种蛤蜊？恰好其时任职大英帝国军情五局的小说家格林也在同一艘船上,后来把他偷听到的讯息写进小说。在《问题的核心》里,他写道,两个猥琐、好色的东方男子,花几个小时在讨论世界各地不同种族不同年龄的女人。但格林在他的回忆录《逃避之路》里,却指陈说,两个神秘、好色的东方男子,其中一个疑似后来的马共头子、三面谍莱特。但如果是越南人莱特,印支的情报人员会认错人吗?

但印度支那情报部的秘密档案里,却记载着"巫师"和阮爱国,和一群海南人,在新加坡牛车水一处破落的楼房里,一边吃咖喱,吵吵闹闹中,成立了南洋一个什么党。

他当然不知道,各帝国情报部门档案里,到处都是他自相矛盾的记录。不同的长相、年龄、名字(阮爱国不是也有四十八个化名?)有时甚至记载他同时出现在好几个地方。在档案里,他被怀疑是无政府主义者。但奇怪的是,他一直没有被逮捕。零星的审问记录显示,他总是非常合作,态度亲切,说话非常有说服力。一位海关人员作证说,他亲眼看到一只迷失的金刚鹦鹉给他逗得哈哈大笑,坚持要跟他回家。而那皮箱经仔细检查,只是些私人用品,没什么危险的东西。

他甚至不记得那皮箱的来历。那时他流落在阴暗的巴黎街头小巷，一个驼背小人擦身而过，与他交换方向；但那轻轻的一碰触，即用他数百年污渍染就的旧皮箱换走了他所有的家当。珍爱的袖珍本藏书，写写删删的笔记本，不忍丢弃的分手情人感人肺腑的情书，余味犹存的指甲；寄不出去的给父亲的长函，一把拆信刀。那驼背小人有一副出土文物般的青铜面具式的脸孔，破布式的毡帽；像机械体那样，走动时，关节且发出吱吱嘎嘎金属摩擦的杂音。他似乎可以听到那小矮人空洞的里头炽热发烫的魂灵，泛着幽幽神光。

某个午夜梦回的时刻，在异乡的小旅舍里，当火车有节奏地凌虐着铁轨，窗外飞蛾白蚁绝望地扑着街灯，隔壁房间的女人兴奋得大呼小叫时，他会突然怀疑：我到底是谁？在这漫长的旅程中，到底被偷换了多少回？他甚至有一段旅行推销员的回忆，搭火车往来各乡镇间，卖各式各样他也颇怀疑其疗效的药品，治阳痿的、秃头的、妇科病的、青少年增高的。那样的旅程中，他和各色的寂寞芳心睡过，那些在婚姻内外疲惫不堪的苦命女子。他甚至记得自己当过土地测量员，和伙伴翻山越岭，经常见到老虎的粪便，及没吃完的动物尸首。那恶臭经常陪伴他。印象最深的是一只发黑肿胀的手臂，犹套着橘色鲜亮的长袖，戴着金灿灿的戒指。但他其实不太能确定,他记得的那些,究竟是经历过的,还是从书上读来的、梦到的,还是幻想。长途旅程单调乏味,因此他成了嗜读者,不同的旅客随手留下种类、语种繁多的书。不知怎的,所有语言对他而言似乎是同一种语言。也许他不过是误读。

那一次,就在皮箱被偷换掉不久,各方情报单位同时接到密报,把他的危险等级大大提升至X,他自己也不知道,这一回,他的容貌身形也随之剧烈地改变了,因此被那些人当成了另一个人。那段旅程,皮箱似乎也躁动不安,时常在深夜里发出震动,好似有什么东西挣扎着要爬出来似的。

从船上下来后,他什么也不看,什么也不想,仿佛是脚本身驱使他的行动。沙漏交出去后,好像有零星的记忆闪回,于是他登上了北上的老旧火车。他甚至想起父亲,映现在车窗肮脏的玻璃上(是许许多多人留下的喷嚏余渍?)那是张未老先衰、疲惫崩垮的脸。也许因为这样,那些追踪者又错过了。

那年,到车站送行的忧心忡忡的父亲,刚过中年。

那时南向的火车中途误点了,因此当他抵达南方的码头时,他想搭的那艘船已经毫不犹豫地开走了。那是艘开往中国的慢船。他临时起意扒走一位因醉酒而摇摇晃晃的胖子老外身上的船票，恍恍惚惚地上了另一艘船，让他得以穿过马六甲海峡，航向西方。但家人一直以为他回到父亲朝思暮想的祖国去了。家人后来偶尔收到他从世界各地寄来没有回邮地址的明信片，都会纳闷不已。那是头几年的事，后来，就什么讯息都没有了。家人都以为他早已客死他乡，而努力把他给忘了。他当然不知道，父亲弥留之际疯狂地思念着他，还打算把毕生努力挣钱购得的一小片土地留给他，引发了家庭风波。

那时他在巴黎国家图书馆勤工俭学，协助一位疯狂的思想家整理因反复重写、复写而纠缠不清的手稿。那手稿，混合了自古以来欧洲各国的文字，像一团团因畏惧死亡而疯狂相互缠绕的蚯蚓。那位犹太裔的发狂思想家自杀后，竟留给他一个装满手稿、海图和旧书的巨大皮箱，大到当他的棺椁都略嫌宽松。他把那礼物以三个法郎贱卖给了图书馆。

在抵达疑似家乡的小火车时，他很惊讶，这世界似乎没有改变，还是原来的样子，他好像就回到了过去。就好像他不曾离家，或只是短暂离开一阵子。然而，循着记忆，踩着落叶，推开铁篱笆走进去，只见大门从外头锁上，锁头且已锈蚀。邮箱里信件广告满溢，掉到地面上的反复被雨打湿、晒干，粘了落叶，住了白蚁。 五脚基上不止堆满落叶，还抽长着小灌木，显然人去楼空已久。 他尾指不禁又隐隐作痛，皮箱重重下坠，着地时水门汀上一阵激烈震动。

就在这时，他看到那只独眼公鸡，不知道从哪里一跃而出，单足立在倚着墙的脚踏车骸骨上。

他仿佛听到耳朵深处那只蜗牛锯齿啮咬龃龉："你已不再年轻。 而且，你又迟到了。"

三

头被重重撞了一下，火车急刹，疼。 有人惊呼。 他一恢复意识即发现有什么不对劲。 车厢里空荡荡的，从不离手的皮箱竟然不见了。

只可能是同班车的人偷走的，而且那贼一定急着下车。 为难的是，他搭的是二等车厢，该往左（头等），还是右（三等）呢？ 直觉让他往右边冲。 旅客疏疏落落的，但都在往外走，莫不是到终点站了。 什么都没发现。 莫不是下车去了？ 他快步到一侧的门边，探头往外张望，没看到拎着他手提箱的人。再往另一边瞧，也没什么异状。这才察觉也许是到了终站，他也只好下车。终站只有几盏黄灯照明，但似乎也够了。原木制的凉亭并不大，恰够覆盖售票处、小吃摊、入出栅门和四张木制长椅。他发现他的行李箱竟然就搁在左边的椅子上，而且张着大嘴，被打开了。

果如所料，里头空空如也。

他像泄了气的皮球，把箱子合上，依然拎着，在检票员的催促下，出了闸门。一身卡其服的年轻检票员随着把闸门上锁，铁链粗暴地绕了过去，灯随即暗下来。只剩那两盏照着铁道的，离他现在的位置有点远了。他和那口空皮箱颓然坐在车站旁一张铁椅上，头上有一颗昏黄的灯泡，几只蛾一直在使劲撞击它。他从口袋里掏出一包烟，刷了火柴，用力吸了一口，似乎才平静下来。但即便是这包剩下不多的烟，他也没记忆，好像是别人偷偷塞给他似的。

"阿邦。"他听到有人喊他，用马来语。是那个蓄着八字胡的年轻检票员，接下来用英语、闽南话、广东话说："我睇你都系唐人，钟意讲乜嘢话？""我不喜欢讲话。"他以华语没好气地回复，但没忘记给他递了支烟。

"其实我也是华人来的，只是外表看不太出来。可能我阿嬷那代掺得太多了。"他嘴角露出自嘲的表情，"这里是终点站，常有人不知道要去哪里就傻傻跑来这里，第一班离开这里的火车要等到天亮了。这附近没有旅舍。我看你也不像坏人，如果你没地方住，可以考虑跟我回家。我家只有我和我老婆，你要住几天也可以，要明天一早离开也可以。"见他点点头，青年检票员立即从一处暗角牵出一台骨架坚挺的脚踏车，示意他坐上后座，"有点远，走路要一个多小时呢。"和他背对背，一手拎着皮箱，一手紧抓椅座，就那样摇摇晃晃在乡间小路上。

一路上，他忍不住问青年检票员，有没有看到是什么人把他的皮箱拎下火车？"好像有一个黑黑瘦瘦的印度小老头……也没看他来剪票。有的人为了省钱，宁愿沿着铁轨走很长的路，钻铁丝网逃走。"青年检票员啰啰嗦嗦地说。他这才发现月亮大又圆。"箱子怎么被打开了？"他忍不住又问。这回隔了好一会才听到青年检票员的回答，内容很不可思议。"它是自己打开的。"他语调沉稳，"有一个驼背老人从里面爬出来了。它像只寄居蟹那样，快手快脚的就消失在草丛里。"

刚好下坡,两耳风声,灰暗的甘榜风景退得很快。脚踏车突然停下,青年检票员下车,也请他下车:"上坡了,一起走。"

难怪皮箱里有点湿沙。他想。

"你的皮箱盖满了各国海关的章,应该是到过很多国家吧?"青年检票员喘着气,以手背擦一擦额头的汗,还解开胸前的两个扣子。他瞥见青年检票员胸前有一道弯月形疤痕。"我还没出过国呢,太年轻结婚,老婆又怀孕了。也许有一天……你的家乡在哪里呢?"

"都不记得了。"他微喘着摇摇头。

过了那长长的土坡后,就听到水声淙淙。"快到了。"青年检票员说。一路上都没遇到人,只有椰树摇曳生姿。

大而圆月之下,不远处两座山像丰满青苍的乳房,起着大雾。"这世界要大变了。"青年检票员突然发出异样的感慨,像个知识分子,"俄国革命十年了,日本鬼子在中国东北弄了个满洲国,欧洲那里好像也不平静。你一路走来,应该看了很多吧?"他踩熄烟屁股,只淡淡回了句:"也无非是那样。"又走了一段路,河水变窄,水边是接连的大而平的石头如棋盘。青年检票员说:"这地方你应该听过,'大象死去的河边'。"

在一颗竖起的成人高的石头旁,他仿佛看到一个皮肤深色的小女孩,抱着只不知是橘猫还是布绒老虎的玩偶。但下一刻发生的事,是全然在他预料之外的了。后脑勺好像被重击了一下,失去意识前听到青年检票员冷冷地说:"非常抱歉,受人之托。我等你很久了。"他几乎能确认他被关进皮箱里了,可能也被缩小了。不能动,不知道被变成了什么。皮箱在移动,有时被提着,有时被搁着。他知道,这事在很久以前就发生过了。

天台上的父亲

邵丽

授奖词

《天台上的父亲》由父亲的自杀身亡,引发一家人对他一生的生命轨迹的追溯与回忆,貌似写实的叙述中嵌入了许多荒诞因素,使人们熟知的历史空间转化为发人深省的艺术场域。人与人之间在表层的关切之下渗透着彻骨的冷漠,在不经意间勘探出现实的荒凉。

一

也许是离开那个城市后我改变了信仰。其实也无所谓改不改变,一直以来我就没有坚定的信仰。妹妹一直说我迷信。我迷信了几十年,是从母亲那里传过来的。她是一个泛神论者,神灵附着在任何一个老旧的事物上。尤其是我父亲刚死的那段时间,她更加疑神疑鬼,即使是一根绳子,她都会端详半天,好像那上面写着神的启示似的。

我喜欢这个新来的城市的新区,它好像凭空多出来这么一部分,虽然与老城区仅仅隔了一条快速通道,却是另外一个世界了。它的空气像是刚刚过滤过,有真正的青草、河滩和森林的气味。我喜欢在夜晚独自穿过由石条铺成的曲曲弯弯的人行步道，像踩过一排排钢琴键。在道路的尽头，有一家小食店，卖一种当地的小吃，生意相当好。有一次，我饿了，进去要了一碗面，竟然排了半天队。

小食店的老板娘是个厉害角色。那天跟在我后面进去的是个小姑娘，那姑娘抱着她的狗，一只咖啡色的泰迪。她刚刚进门，女老板尖厉的声音就叫了起来，让狗马上出去。女孩愣了一下，面色变得通红，抱着狗羞惭而去。

面吃到一半，我越想越不对头，竟然一点胃口都没了，推开碗走了出去。我自己也觉得奇怪，莫名其妙地生了气，也许是生那个女老板的气，也许是生那个抱狗的女孩的，也许是生自己的。反正是气鼓鼓地走了。父亲不在后，我的情绪在慢慢平复，已经不再那么焦躁、暴戾和善变。想起父亲在的时候，这个点他已经睡觉了。他就像一座时钟，到点该干什么就必须干什么，典型的强迫症。有一天傍晚，他看了一下表，到喝粥时间了。我母亲因为老家来了客人，耽误了一点时间。他气恼得把水杯都蹾碎了，弄得客人脸上红一阵白一阵的。

"过去他不这样啊！不是这样子啊！"我母亲老是跟我这样抱怨。过去他确实不这样，没退休之前，他是多么细心周全的一个人啊！每次下班进家门之前，老是听到他跟周围邻居打招呼的声音。虽然那声音低调、谦和得像讨好似的，但有一股感染人的韧劲儿，把我们的日子铺垫得绵密厚实。所谓岁月静好，就是那副模样吧。

某一天，一切都忽然起了变化。哦，对，开始时不是一切，只是有一些东西在起变化。退休之后，他的生活在慢慢缩小，像一个剩馒头，在变干，在缩水。他很少再走出屋外，即使晒太阳，也缩在阳台的藤沙发上。他频繁地看表，每小时必须听一次天气预报；新闻联播前五分钟，准时坐到客厅沙发上打开电视。

他为自己的一切都做上标记，好像该怎样生活，还得看看他插的路标。

那家小食店今天好像客人并不多。一个年轻姑娘坐在靠门的地方，一边看手机，一边吃着碗里的烩菜。那是一种掺杂着羊肉、白菜、炸豆腐丝和粉条的地方小吃，名字叫豆腐菜，这家店也是因为这个菜而出名。但我不大喜欢吃这个，我喜欢吃他们的羊肉汤面。

父亲过去爱吃羊肉，也爱吃豆腐。但他喜欢分开吃，不喜欢烩一起。他吃羊肉就是清水煮一下，然后捞出来，切成片，再用原汤冲成羊肉汤，里面什么调料都不放，原汁原味。豆腐也是，在水里煮一下，或者蒸一下，在小碟子里调一点料，就那样蘸着吃。

他退休的第一个国庆节，我们带他去郊区的农场玩儿，那里有个养殖场。他兴致勃勃地定了四只羊，说等春节的时候杀了吃。结果等到春节，我们带着他过去，他看到一群小羊羔追着母羊咩咩地跑，就心软了，不忍心让人家杀。

父亲死后，有一次我和妹妹趁假期带着孩子们到农场玩儿，路过养殖场，当她看到一群羊的时候，突然捂着嘴蹲在路边失声痛哭。我知道她想起了父亲，但我不知道该怎么安慰她。其实，很久以来，我们都无法安慰自己。刚刚过去的事情既像一个伤口，更像是到处游走的内伤，无从安抚。

二

我跟妹妹一起的时候，她几次都想努力回忆父亲跳楼的那个下午的一些细节，但不是很成功。不过，与其说是她忘记了，倒还不如说她宁愿自己忘记了。

在那之前，因为妹妹，也因为我，我已经从父母所在的城市搬迁到她生活的这个城市，两个城市相距一百四十三公里。这样，一来可以在她去照顾父亲的时候，我去照顾她的孩子；二来也是想逃脱那个逼仄的环境，出来透透气。守了父亲一年多时间，我几乎抑郁了。夜里莫名其妙地惊坐起，就再也睡不着了，整夜整夜地大睁着眼，大把大把地掉头发。开始我每天吃普通的安定，后来效果不好，就改用级别更高的，一直服用超过普通安定好多倍含量的药，据说那是正常人所能承受的极限。开药的医生反复对我说，你服药的时候一定要坐在床边，不然的话，可能吃完走不到床前就睡着了。但是这药对我没用，几乎没一点用，还是彻夜失眠。即使浅睡片刻，稍微有一点声音，我便一身大汗，惊厥得心脏好像要跳出来。

刚好闺蜜给我打电话，让我帮她运作一个项目。也刚好，她在妹妹所在的这个城市。我毫不迟疑，一口便答应了。我觉得那是生活对我关闭所有大门、在我走投无路之际，上帝给我打开的另一扇窗口。我必须猱身而上。

可是，当我面对妹妹，当她一遍又一遍地回忆那些细节的时候，我觉得，我就像赤脚踏在一团棉花上，或者是一团云。我们一直漫无目的地往前走，根本看不清楚眼前脚下的一切。

那个下午，那个燠热难耐的下午，到底发生了什么？按照妹妹的叙述，我仔细拼贴并努力还原那天发生的事情。妹妹说，那天本来该哥哥过来替换她看守父亲。母亲一早就买好了荠菜，给哥哥包他喜欢吃的荠菜馅饺子。包好饺子，十一点多了，又等了一会儿哥哥才来。他过来刚刚坐下不久，电话就追了过来，是嫂子的电话。两个人乒乒乓乓在电话里吵了起来，母亲的笑脸不见了，一会儿愁得眼看要拧出水来。妹妹朝哥哥打个手势，意思是让他小声一点。哥哥气得摆了摆手，说，不吃了！甩上门就走了。

她再打他电话，要么占线，要么无人接听。

妹妹和父母亲按时吃午饭。吃过午饭，按照惯例，看守父亲的人中午都要小憩一会儿。母亲中午不习惯午睡，由她来照看父亲。

本来妹妹已经回房间休息了，但是她好像听到了异常的响动，像是父亲窸窸窣窣的脚步声。她不放心，起来到父亲的房间,看到父亲和衣躺在床上,面朝里,好像睡得很熟的样子。于是她便回到自己的房间睡下了。她睡了不到半个小时就起来了,觉得屋子里静得怕人,她先走到母亲的房间。母亲像往常一样,安静地坐在那里,在翻看一本旧书。她问,我爸呢?母亲愣了一下,用手指了指父亲的房间。

妹妹走到父亲的房间,看到房间里空空如也。父亲不在房间。她觉得事情不妙,还没等她回过神来,家里的座机铃声大作。有人打电话报信说,父亲从我们小区西面人民会堂的天台上跳下来了——我父亲的一个下属在人民会堂前的广场散步,抬头看见楼顶上站着个人,像是我父亲。他心里嘀咕着,他爬那么老高是干吗呢?正在犹豫着要不要给我父亲招手打个招呼,就看见他往前一倾,好像有人从后面踹了他一脚,随后便如一只笨鸟般飞了下来。

三

父亲跳楼那天,我正在外面参加一个开业剪彩。剪完彩,又参加午宴。等整个活动结束,我看到几十个未接来电,主要是我哥哥和妹妹打来的。我心头一紧,想着家里肯定出了什么事儿,就赶紧给我妹妹打过去。妹妹说,你赶紧回来,父亲跳楼了!

当时我好像被什么撞击了一下,脑子里一片空白,真说不清楚自己是什么心情,说是震惊或者悲伤吧,还真不是。说是轻松?也不完全是,反正就像是跑完马拉松,那种既松懈又虚脱的感觉。

莫名其妙地想起周作人写的一件事,当他听到自己心心念念的初恋杨三姑娘患霍乱死了之后,"似乎很是安静,仿佛心里有一块大石头已经放下了"。

对,仿佛就是这种感觉。

在此之前,很久很久,我把自己沉到繁琐的事务中,我必须把自己变成另外一个人,才能保持自己。这话听着拗口,其实就是那么回事儿。

刚好上面说到的我的一个闺蜜,她老公是搞房地产开发的,在郊外盖了一片市场,专门给她辟出一栋楼,让她按照自己的喜爱随便折腾。她不知怎么迷上了城市生活空间美学,决计玩儿这个。不过这玩意儿是什么东西,我们都说不清楚,可能就是因为说不清楚,大家都很兴奋。马不停蹄地跑到北上广深,还有成都,去看人家怎么做的。还天天到网上收集资料,一副煞有介事的样子。那些新鲜的、好像从生活中刚刚长出来的话语天天挂在嘴边,什么场景式空间呈现及场景革命营销手段,什么长期积淀所产生的生活方式,什么家具、艺术品和主人的关系。其实说穿了,在这些富丽堂皇的话语下面,不过还是卖家具,卖茶,只是把庸俗的赚钱套上华丽的美学空间外衣而已。

管他呢,我需要的,无非就是忙活,别停下来就行。

我的这个朋友,人家就是活得明白,按她的话说,什么时候活糊涂了,也就活明白了。她就是一个糊涂得说不清楚的人,说不清楚她天天在干什么,也说不清楚她喜欢什么。一会儿在东区学古筝,一会儿又在茶城听茶艺课,再过一会儿,跟着人家给流浪狗搞慈善。

不管怎么说,在一个新的地方,我需要一份工作,刚好也有工作需要我。我要把自己深深地埋在工作里。我必须逃离某些东西,达到某种新的平衡,可以让我自由自在地呼吸、欢笑或者静思,这才能让我们所有人都轻松,包括我周围的朋友,包括我的家人。这样子看起来,生活并没有变化,还保留着完整的样子,我不亏欠任何人,任何人也不亏欠我。

但是那天下午妹妹的那个电话,让这一切戛然而止。我匆匆结束了活动,没有参加他们的茶聚,同时也推掉了一系列类似的活动。一直到坐在回去的车上,我才感觉到我与父亲的各种联系,不是因为他的死而中断了,而是相反,像突然通了电似的,那些生动的场景、杂沓的细节,纷纷扰扰地来到我面前。但我明白,那已经于事无补,就像我们曾经被父亲遗忘的那些岁月、疼痛、寂寞、空虚,还有恐惧。但所有这些事情,在它过去多年之后,就只剩下一片碎玻璃般扎痛的感觉了。

四

父亲死后,有很长一段时间我跟妹妹探讨我们和父亲在一起的细节。我觉得那时候她还小,不会记得那些事情。哥哥记得,他又不参与我们的讨论。

在我们很小的时候,那时候我八岁,我妹妹只有三岁多一点。父亲在县委武装部工作,后来因为什么问题,他被下放到一个偏远的部队外营地，后来，母亲也跟着过去了。他们就把我们兄妹三个寄养在乡下，我外公外婆那里。

那时候哥哥十一岁，比我大三岁，我们都没有独立生活的能力。外公外婆有好几个孩子，他们的好几个孩子又各自有好几个孩子，都丢给外公外婆照看。这些孩子年龄也跟我们差不多。那时候正是经济困难时期，生活条件极差。吃饭的时候我们不会抢，只有等着他们吃完，才能轮到我们。饭要么不够吃，要么已经凉了。外婆每天睁开眼睛就忙，但还是照顾不过来，等想到我们的时候，她已经累得话都说不出来了。有时候，她会把我妹妹揽在怀里，还没等她说话，妹妹已经睡着了，有时候是饿睡着的。

外公为了贴补家用，有时候出去打鱼，有时候出去干个手工活，每天都是很晚才回到家里。他回来的时候，一般我们都睡了。有一次他回来早了，就坐在门口抽烟。等到很晚很晚，其他的孩子都走了，他从怀里拿出三块烤红薯，给我们三个每人一块，那红薯还带着他的体温。我们三个狼吞虎咽，还没品出来味道就没有了。

其间母亲来过几次。她骑着自行车，从几十里外赶来，浑身冒着热气。每次她都陪我们吃完晚饭，待我们都睡着了才走。父亲一次都没来过，母亲没说过他，我们也不敢问。有关他的消息，我们一点也不知道。

我们是有父亲的孩子，这一点在当时、当地非常重要。可是，我们的父亲呢？有一次哥哥跟我说，他觉得爸爸肯定是被抓走了，不然的话，不可能从不回来看我们，也不让妈妈告诉我们他的消息。我吓得立马哭了起来。哥哥不知道怎么结束那个场面，自己也吓得哭起来。但是没人问我们一句为什么，可能大人都有各自的烦恼，那烦恼比我们更甚。

那是寒冷的冬天，晚上外婆也许看到我脸上已经风干的泪痕，泪水流淌过的地方，是皴裂的。她用粗糙的拇指，给我抹了半天。

其实这些东西，现在看来可能并没什么——事实上也没有什么。过去我也曾和哥哥说起过。说起这些事情，哥哥总是一副茫然的表情，要么沉默，要么就是深深地叹气，牙疼似的。跟我一样，他也不会跟父亲交流。或者怎么说呢，经历过那样的童年，我们都学会了沉默，很多埋在心里的东西，都不愿意拿出来，好像这是我们在那场磨难里，得到的唯一值得珍惜的东西。

其实仔细想想，在那样的时代，又是那样的环境，我们是父亲为数不多可以忽略的人吧。除了自己的亲人，父亲必须对所有人、所有事情小心翼翼。而作为他的孩子，即使被忽略，也真的没什么，那些小小的伤害，绝对不是让我们与父亲隔阂的唯一原因。它也许就像挂在我脸上被风皴裂的泪痕一样，用手指轻轻一抹，就平展了。

很多年里，父亲没有给我们谈论过曾经发生的那段历史，也从没跟我们解释过什么，一次都没有。我们也从来没有主动问起过，更不可能给他说起我们当时的感受。好像我们没有共同的历史。还有一种可能是，我们都刻意回避着那段历史。也许在父亲看来，如果他说起这些，我们会把已经忘记的东西再一点一点捡回来。然后，怎么说呢，对他会有一次结算，那是他作为一家之尊所不能接受的。而对于我们来说，更害怕的是提起这样的事情时，被父亲淡淡地打发，让我们受第二次伤害。

再后来，到他退下来之后，是不是还想说这些已不得而知，但即使想说也已经晚了。我觉得，已经晚了的意思是，他没必要说，我们也没必要听了。我们空旷、寂寞，曾经被浓烈的遗弃感伤害的心灵，已经被许多新的东西填满了。生活就是这样,从心灵到房子,都会逐一被各种各样的物事填满,直到有一天,需要重新清理为止——在清理父亲房间的时候,这样的想法一次一次拍打着我。

也许,作为一个父亲,他生养了我们,本来就不该追问对得起还是对不起的问题。但这不是全部,好像缺了什么,有什么被某种东西隔膜着,就像隔着一层脏玻璃。只是我们和父亲之间,这种隔膜,再也不可能擦干净了。

五

妹妹曾经不止一次地说,想不到父亲会自杀,他没有任何自杀的理由啊!是啊,确实没有理由。他这一辈子,不管怎么对母亲,母亲对他始终忠心耿耿,一直到他死,一直到他死后,她做到了一个妻子该做的一切;我们兄妹几个,虽然各自生活都有不如意的地方,但算总账,还是过得去的,至少没有人成为他的负累。唯一可以解释的理由是,不是跟我们的隔阂,而是他跟这个时代和解不了,他跟自己和解不了。曾几何时,他是那样风光。但他的风光是附着在他的工作上,脱离开工作，怎么说呢，他就像一只脱毛的鸡。他像从习惯的生命链条上突然滑落了，找不到自己，也找不到可以依赖的别人。除了死，他没有更好的解决办法。

并不是妹妹最早发现父亲想自杀，而是母亲发现的。妹妹生性敏感，按她自己的话说，直觉大于理性。医学院毕业后，她分到一家医院的后勤部门，后来不甘寂寞，跳槽到一家咨询公司做人力资源管理。实际上两个单位的活儿差不多，但是她觉得在后来这个部门自在，自主性大，有成就感。

有次她跟妹夫一起回来看父亲。过去看见他们回来，父亲都高高兴兴地去买菜，饭前总要把酒打开，先和女婿喝一阵子。可是那天父亲沉默寡言，一直到吃饭都没怎么说话。

那天回去的路上，妹夫闷闷不乐。妹妹说，父亲今天的情绪不是因为我们，而是因为他自己，肯定是他自己出了问题。后来妹妹为此多次回来，她发现父亲精神低迷，而且有一种死亡的气息覆盖着他。莫非他想自杀吗？她把她的看法跟母亲说了。还没说完，母亲就捂着脸哭了起来，母亲说，她早就知道这事儿，是因为她时时处处看得紧，父亲才没机会得手。

"那你怎么不告诉姐姐？"妹妹伤心地问。

母亲说,你姐姐离婚之后,就没看见她有过笑脸。她自己带一个孩子已经够难的了,现在那孩子又非常叛逆,就不让提她爸爸的事儿,只要一说起,就发飙,把你姐姐也快逼疯了!

说起来真有点悲哀:是父亲想自杀这事儿,让我们一家人又重新聚集起来——我们分散在三个城市,几乎很少团圆。我们都结婚成家后,每年也就交叉着见那么几次,春节或者中秋节,或者其他什么事由,反正很少有为了见面而见面的。为了见面而见面,我印象中好像只有一次,就是父亲过六十大寿那一次。

六十大寿,六十岁。对于我父亲来说,真的算是大寿了。他死那一年,还未满六十四。给他过寿那一天,母亲私下里说,有人给你爸看相,说他活不过六十三。事后想,如果按周岁算,可不就是嘛!可是母亲说的时候,我们都笑。那时父亲是多么沉稳、健康啊。可能他还没意识到退休对他意味着什么,我们也盼望着他早早退下来颐养天年,可以轮流到每个孩子那里小住。

当时我们只能被迫轮流陪他了。按照母亲的安排,我、小妹,还有哥哥,要轮流看守父亲,防止他自杀。也就是说,父亲想自杀这事儿，已经不是什么秘密了。

我还好说，自从离婚后，虽然没跟父母住在一起，但基本天天回家吃饭，而且我还算是个自由职业者，时间可以自己掌握。原来我想着我一个人看着父亲就行，但是几天跟下来，我就支撑不住了。一个人要想严防死守另外一个人，实在是太难了。有一次我去洗手间久了一点，他已经开门走了出去。母亲在厨房做饭没发现。我头皮都是紧的，赶紧出门往楼上追。好险！好在我们提前把通往楼顶的小门锁住了，他正站在那里发呆。我拉着他的手往回走，我相信他能感觉出来我的手心像水洗的一样。

而母亲这样的决定，苦了我的哥哥和妹妹。他们都在别的城市住，虽然开车都不超过两个小时，但毕竟是各自一家人，家家都有本难念的经。哥哥的婚姻也朝不保夕，跟嫂子已经分居好几年了。两个人同在一个屋顶下，却形同陌路，很难说上一句话。只要一说话，双方就火力全开，闹得天昏地暗。

妹妹的小家庭还不错，妹夫在一家上市公司当财务总监，虽然忙一点，收入很可观。只是妹妹的孩子刚刚上小学，离不开她。自从她回来值班看守父亲，孩子的学习成绩就每况愈下。

有一次她接完老师的电话，半天没说话。在我的反复追问下，她才告诉我，孩子在学校打了别的孩子。老师让他喊妈妈到学校去，他告诉老师，妈妈出车祸了。老师问，你爸爸呢？他说，他们一起出的车祸!

"这么恶毒的话，他是怎么编排出来的啊？"妹妹泣不成声。

有一次，父亲当局长时候的办公室主任来看他。他带了几个凉拌菜，还带了一瓶老酒。过去父亲爱喝两口儿，可是那天两人坐在屋子里抽了一下午烟，父亲没动一下筷子，也没喝酒。

办公室主任走的时候，我去送他。我们是上下届同学，他跟我哥哥是好友，我跟他妹妹是好友。我们在一起情同手足，无话不谈。那天我把他一直送到小区后面的河堤上，临分手的时候，他站下来看着我说："你们打算怎么办？"

我扭脸看着远处，长叹了一口气，无话可说。没人知道该怎么办。

"这样子拖下去，谁都受不了，也终究不是解决问题的办法，最终会把一家人都拖垮。"他的眼里突然涌出泪水来。他跟了我父亲十几年，两人有父子般的感情，"你想想有用吗？你帮一个想活的人，可能还真有不少办法；但是，一个人如果想死，你没办法，一点办法都没有！"

六

父亲葬礼前我们家来了不少人——我觉得比葬礼那天来的人还多。他们是我父亲曾经的领导、同事、同学、同乡、下属……还有我们家多得数不过来的远亲近邻。在他们的惋惜、褒扬和悲伤里，我觉得父亲不是越来越清晰，而是越来越模糊。我真实的父亲，到底是什么样子？

父亲还上班的时候，有一次办公室主任跟我开玩笑，说与其说他是你父亲，还不如说是我父亲；我跟他在一起的时间肯定比跟你多。

这不是玩笑。这话说得一点都没错。我小的时候，父亲大部分时间在乡下，一年也见不了几次面。等他回城，我上大学去了。我大学毕业参加工作后，他基本上整天待在单位，真是以单位为家。市里干部们说，他是一个最爱开会的人。有人取笑他，说市政府一个灭鼠文件，他也得召开会议层层传达,并且让参加会议的人都表态,记录在案。

最经典的一个例子是,有一次他开会传达上级的表彰文件。开到夜里一点多,有人实在坚持不住,他终于发了善心,说实在困得很的同志,可以趴会议桌上睡一会儿。

的确如此,他退休的时候从他办公室拉回来了整整一卡车笔记本和各种文件。几乎他每天的工作、生活甚至是思想,都记录在笔记本上。有一次市政府安排的一项重点工作出了纰漏,分管的副市长带着工作组到他们单位开会,说是要追查责任。他翻出两年前的笔记本,念给工作组听:当时是谁主持开的会,谁谁谁在哪里坐,几点几分都是谁发的言,都说了什么,一清二楚。笔记本证明那项工作完全是按照副市长的安排进行的。副市长当时弄得很下不来台,说,老张,今后我们都不敢跟你打交道了,什么你都有记录啊?

是的,什么他都有记录。记录挽救了父亲,那件事情最后不了了之。

他去世后,我们收拾他的遗物。我在他的笔记本上赫然发现,他有一次跟我母亲一起去我外婆家,竟然详细记录着那天发生的所有事情。"今天陪月娥(我母亲)回家看她父母。十点零七分到家。父母在,二弟三弟在。大弟去西安。饭后,两点四十五分,三弟说了两件事情,第一……"

我拿着他的笔记本给母亲看。哪知母亲只淡淡地笑笑,说,这事儿她一直都知道。

"你爷爷就是因为爱多说话被整死的;年轻的时候,你爸也因为乱放炮被整下乡,吃了半辈子苦头儿。他也得学会保护自己嘛!"

七

哥哥总觉得父亲的死跟他有关。每次他说起这个问题,总是絮絮叨叨地说个没完:要是那天家里没生气,要是他不急着赶回去,要是……妹妹跟我说,哥哥本来就神经质,千万别跟他讨论这些问题了,否则他会抑郁。

其实不用妹妹提醒我也明白,每次跟哥哥在一起,我都刻意回避这个问题。他和父亲之间的感情,远远比我们复杂,但又是一笔糊涂账。我也知道他这么多年是怎么挣扎着走过来的。他的婚姻是父亲指定的,嫂子的父亲跟我父亲是抗美援朝时期的战友,转业之后也分到了同一个地方。她父亲也够惨的,在冰天雪地的朝鲜战场上喝了一个多月生水,回国后一直肚子疼。到医院检查一下,说是直肠癌。把肠子切了之后化验,发现切错了,只是一般的炎症。好不容易身体恢复了,几年之后又发现患了胃癌,年纪轻轻就离开了人世。父亲和他的那些战友们,就把抚养孤儿寡母当成自己的责任,那个时候他就决定,让大我哥哥三岁的战友的女儿将来做他的儿媳。

从结婚第一天起,两人就吵架。据说结婚当天晚上,两人闹得把结婚证都撕了。

在婚姻这件事上,尽管哥哥从来没有原谅过父亲,但也从来没有抱怨过他。像所有事情一样,因为是父亲做的,这事儿便没有了对错。

父亲死后,哥哥每次回家都坐在他的房间里,半天也不出来。他总是望着我们俩和父亲的一张合照出神。拍这张照片的时候,哥哥上大三,我刚刚接到大学录取通知书。我们爷儿仨就站在院子里的一棵枣树前拍了一张照片。父亲说,爷爷心心念念的,就是耕读传家。现在无地可耕,但是家里出了两个大学生,也算是给了爷爷一个交代。

照片上,父亲的身体明显向哥哥那边倾斜。一九五二年,他们的部队在朝鲜战场上中了一发炮弹,他的大腿骨粉碎性骨折,手术后一直没有恢复,里面还打着一个钢钉。另外,还有一个弹片离心脏只差不到两厘米,没有让他的骨灰撒在三千里锦绣江山。后来他作为伤残军人荣归故里,在县委当了武装部长。

照相的人本来想让父亲坐在那里,但被他严词拒绝了。即使倾斜着身子,他也要稳稳地站着。

安葬了父亲之后,哥哥专门去重新洗印放大了这张照片,并郑重地放在父亲生前用的书桌上。那天他看着这张照片跟我说:"爸再也不用走路了!"

我默然无言。妹妹说得好,只要哥哥说起父亲的事儿,我们一律不接茬。他说上一阵子就过去了。

可是有一次,他把自己灌醉了,把我和妹妹堵在屋子里发酒疯。他先指责我,说我离开这个家到妹妹那个城市去,完全是因为想逃避,不想承担责任。然后他又指责妹妹,说她是老公的家奴,天天把孩子圈在自己身边,完全被自己的小家给绑架了。

"你们一个比一个自私!"

说完之后,他突然抱着头,蹲在门口失声痛哭,说:"是我杀死了父亲!是我们联手杀死了父亲!刚开始的时候我们爱父亲,心疼父亲,害怕他死。可是时间长了,我们还有耐心吗?我们每个人,都关心自己,可是,父亲呢?谁管?谁管?"

我坐着没动,我觉得他是借酒发疯。他说的不是醉话。可是妹妹受不了这些话,妹妹过去拍他的头,他把妹妹推开了。

他哭得像一个摔痛的小孩子。

"我们每个人都觉得自己的事儿比父亲自杀这件事儿大。有一次跟你嫂子生气,我就想赶在父亲之前自杀!那个时候我恨死父亲了,我就想,你怎么还不死啊!"

"哥!你太过分了!"我怒不可遏。

他低头痛哭,一句话都没再说。

哥哥的精神已经崩溃了。

回头想想,哥哥说的不是没有一点道理。我离开此地的目的,虽然未必完全是为了自己,但自己的因素占了大半。后来在陪伴父亲的过程中，我的情绪也已经失控了。有时候会低落到极点，自己关在屋子里一天不出门，不吃也不喝；有时候电话铃声就会让我心惊肉跳；有时候又暴躁欲狂，动不动就想发脾气，弄得我母亲都是小心翼翼地看着我的脸色说话。

父亲也一样，他也关在自己屋子里，只是让门留个缝儿。那个房间虽然比我的大一些，但是窗户被防盗窗护得严严实实。屋子里一切可以伤害身体的东西都被清理得干干净净。

他与我们，自己的老婆孩子，变成了一种敌对关系。我们防备着他，他也防备着我们。我们进行着势不两立的攻防战，真说不清楚是爱还是恨。

不久前，我的一个朋友过来，说起她的父亲。说起她父亲死后，她收拾父亲的遗物，看到父亲完整地保存着她成长过程中的一切，突然失声痛哭。我坐在她面前，不知道该怎么安慰她。我对那样的父女感情很陌生。但是不久，我也哭了起来，想起父亲纵身一跃的那一刻，那么寒冷，那么坚定，又是那么绝望。于是，我真的哭了起来，比她哭得还伤心。

莫非，真的是我们杀死了父亲？

这句话，不过是借哥哥的口说出来罢了。我记得在父亲的葬礼上，我们互相回避着，不敢看对方的眼睛。

八

母亲这一辈子，至少在儿女们看来，从来对父亲唯命是从，她努力放低身段来成全父亲。其实母亲也算一个知识女性，她是当时县女中的高才生。自从嫁给父亲，尤其是有了我们几个之后，她就把自己深深埋在家庭生活里，而且乐此不疲。她放弃了很多进步和晋升的机会，安心做一个家庭妇女，父亲到哪里她就跟到哪里，无怨无悔。

但是我们觉得，父亲对母亲虽然说不上不好，但也说不上好。工作上的事情、他遭受的委屈、和同事的关系……他从来不说给母亲听。开始的时候，母亲还问，还打听。父亲总是像没听到一样，沉默以对。后来母亲就不再问了。

在家里，他们也像同事关系，说话客客气气的，但是缺乏烟火气。他们一辈子都没吵过嘴，我也从没有看到过他们闹什么别扭。作为后人，怎么用现代眼光去理解他们的关系呢？

可能这根本就不叫爱情，也许还可以说，这就是最好的爱情。毕竟他们相互陪伴着走了一辈子。

还有父亲的笔记本，我觉得那是他人生的备份，虽然我只简单地翻了翻，看了没几页。如果认真地翻下去，我相信他和我母亲的一切，都会记录在笔记本上。也就是说，他们的婚姻生活会有记录，一旦发生变故，他就能向组织上交代清楚。想想这些，真让人有说不出的难受。他与母亲谈心、交合、探亲……我无法想象，一个人既活在现实中，还要活在发黄的纸上。

只是在父亲想自杀的事情发生之后，母亲对父亲的态度逐渐有了变化。在夫妻和家庭关系中，她慢慢找到了自己，就像一张洗印的照片，她在其中慢慢地显影。

她悄悄地掌握了主动权，对于母亲来说，这无异于一场革命，或者是政变。

有一段时间，父亲患了支气管炎，我和母亲每天陪他去医院输液。有天下午，天气晴好，输完液之后，我没有按惯例走大路回家，而是开车绕到河堤上。从那里回我家虽然绕远了一点儿，但是人少，环境也好。

刚到河堤上的时候,父亲像往常一样表情平淡,木然地看着车窗外。走到河堤中间的广场边,他突然咦了一声,用手指点着窗外。母亲说,把车停下吧。原来他是看到了自己的一个老战友,正在广场上散步。等我们把车子停好,走到广场上的时候,父亲的那个战友已经走到树丛后面看不到了。但我们没有停下,也没有折转头往回走,而是沿着河堤一直向前,这也是母亲的意见。父亲一声不吭地夹在我和母亲之间,走了很久很久,直到他开始大口喘气,我们才在路边站了下来。

父亲又喘了一阵才慢慢平息下来。他跟我母亲说,让她跟老周——就是刚才散步那个人,他也来我家看过几次父亲——联系一下,他想和他一起,去北方看看几个战友。

"好啊,"母亲热情地鼓励道,"我跟你一起去。"

"我想自己去!"父亲眼里突然现出热切的目光,那目光到现在我还记得,是一种强烈的生的光芒,像电弧光。

"让我自己去吧!"父亲的声音几乎是在乞求了。

"不!"母亲坚决地摇摇头。

父亲把目光转向我。我也坚定地摇了摇头。

那种光,突然像断电了一样,在父亲的眼里熄灭了。

九

这一年的中秋节,天气非常好。父亲去世三周年,我们兄妹三个约好跟母亲聚在一起过节。下午母亲安排我说,去买点东西,晚上到阳台上赏月。难得母亲有这样的兴致,本来我想拉着他们一起去,但哥哥闷头坐在父亲房间里,说他不想出去。我只好带着母亲和妹妹去了。在月饼柜台上,母亲坚持要买一块老式月饼。我知道她是给父亲买的,父亲爱这一口儿。

晚上,月亮东升的时候,我们和母亲来到阳台上。

"给你爸掰一块月饼,"母亲点着给父亲留的空椅子说,"昨天我梦见他了,他说过得还不错,就是晚上门口不安静。这几天你们去买点东西烧烧。"

我一边答应着,一边把老式月饼切四块,放在留给父亲的那把空椅子前。

哥哥低着头不说话。最近一个时期他情绪反复无常,尤其是跟嫂子离婚之后,他轻松了没几天,就重新陷在抑郁的情绪里了。

"欢子,"母亲喊着我哥的乳名,"你从来没有梦见过你爸吗?"

哥哥摇摇头,又点点头,但是没抬头。

"你爸什么都没跟你说过?"母亲问,"我怎么不相信呐!"

哥哥一脸迷茫地抬起头看着母亲,然后又低了下去。

"你也别想不开。其实你爸自杀那一天,我什么都知道。你们想想,我怎么可能不知道呢?"

我打了一个激灵,起了一身鸡皮疙瘩,感觉父亲回来了,正坐在我们中间。哥哥也诧异地抬起头来。我和他对视了一眼,看到了他眼睛里闪着的某种光亮,让我突然想起我们被寄养在外婆家,他说父亲被抓时的情景。不过只是在心里一闪而过,冰凉而疼痛。

一时间我们都沉默了,谁都不知道该怎么接母亲的话,只是看着留给父亲的那把空椅子发呆。月上中天,突然感觉天气有点凉了,也许是气氛有点凉,我站起来给母亲披上一件衣服。

母亲对我说:"你把阳台上的灯打开。"

我开了灯,回头看见母亲拿出一个小布包摆在桌子上,示意哥哥打开它。哥哥把它展开,里面是一个弹片,磨得明晃晃的,铜已经变成了暗红色。

"这个东西,卡在离你爸心脏一指多远的地方,再往里挪一点他就没命了。"母亲用指头在心脏处比画着,然后把弹片对着灯光看了半天,好像它透明似的。过了一会儿,她把哥哥的手拉过来,把弹片放在哥哥的手里:"过去咱们家最难的时候,每当我想不开,你爸就把它拿出来搁在我手里,说,看看这个,还有什么想不开的?虽然最后他还是没想开,但是他让我想开了。要不是这,我真活不过来,哪还能把你们几个养大?"

哥哥拿着弹片,也朝着灯光照了照,脸上现出很复杂的神情。

"他去死,我怎么会不知道呢?"母亲又把话头转了回来,"他出去的时候,我看到了,想站起来。他就站那里狠狠地瞪着我,严厉地制止我。他知道我这一辈子都不敢违背他。不过,那时我也横下一条心,心想,只管让他走吧,看到底能会怎样!"

一片静寂。我们的心都提到了嗓子眼儿。

"结果,他真死了。"母亲好像沉迷其中,脸上平静得像说别人的一桩旧事,"死了就死了吧,谁不死呢? 所以我觉得我对得起他。 这也是我最后一次成全他,最后一次按他的意见办。"

我努力克制着自己,直到一波又一波强烈的情绪过去。 我知道,今天即使母亲这样说,我们也不会这样去想,至少我不会。 我们知道母亲对父亲的忠诚和爱,而且,我宁愿相信她这样说只是为了安慰哥哥,她不想让我们家的最后一个男人,再爬上天台。

事情只有这样想,对生者和死者,才是最好的安慰。

的确如此。 也不过如此。

沙鲸

李宏伟

授奖词

《沙鲸》以紧致的小说语言,从紧张的父子关系入笔,驰入二次虚构的世界,驱动狂放的想象力,在虚实间自由进出和游弋,以虚构之虚构,文本之文本,展现了人性的复杂与可能。

够了,父亲。隔着马路,看见杨溢坐在靠窗的桌子旁。等候绿灯,等候向她走去时,我居然有点激动,说幸福可能都不为过。总算由着性子,不听从要求,违背了大人心意的孩童的幸福。我对自己说够了,我不再是孩童,你也早已不是我需要抬起头才能望见双眼的大人。够了。我决定的时候,就是这么对自己说的。就是又一次听到你这么对我说的。这邮件够了,这延宕够了。你对我说够了,也够了。父亲,从我写下第一个字、第一个段落、第一篇作品,你就在对我嚷嚷。我拿回第一本书,你说够了。我在颁奖会上神采飞扬,回到家小心翼翼递给你奖牌,这次你总该肯定一下我吧,总该认为,不按照你设计的路线,人生也能过得很好吧,但是你没有,你只是举起它,很多次冲我冲母亲举起拳头那样,举起它,砸在地上，在一地碎屑中，背过身去。 我看到你一脸的轻蔑。 那一刻，我认定，你其实对我没有什么设计，不管我走哪条路，你都会嚷嚷一声"够了"，用你全部的恶意，把我赶开。 你，比我年长二十二岁的男人，唯一能做的唯一想做的，就是碾碎我。 怎么和你斗呢？ 只要我的世界还有你，顺从或者叛逆，只要我还试图有所成就，都是中了你的圈套，都是活成你的影子。 够了，父亲，够了，没有结束，没有道别，到此为止。 你想不到吧，一个人可以自我放逐，你的儿子，他可以在任何时候自我放逐。 切断和你的音讯，不被你知晓，就是我幸福的放逐。 你以为，我不去当你口中的什么什么……不去干"实实在在的"工作，就会茫然无措，就会饿死成一堆臭气熏天的肉、骨头？ 够了。 我知道够了的意思，属于我的意思。 一座接纳我的村庄够了，两三亩薄地够了，几间破房子够了。 我不要隐居，不要急流勇退，不要再写一部大作品。 我不要。 这样，你就听不到我的消息，我不要回去看到你的脸，不要从信纸上看到你的字，不要在听筒这端听到你的声音。 我在某个你不知道的地方你不知道的时刻，倒在地上死去，你在某个我不知道的地方我不想知道的时刻，躺在床上死去——无论哪一种，都才勉强算够了。 如果知道够了就够了，未免太顺心。 父亲，你看，我又回来了。 我正在走向这个女人，准备把我的作品，按她筹划的交给她，也许还要把新的小说交给她。 在你忘掉我忘掉我的写作时，我又拿出来一部作品，写的还都是你。 告诉我，你会惊喜还是恐惧？ 你觉得自己的一生，至少是作为父亲的一生，是成功还是失败？ 够了，父亲，我才不要和你纠缠这些。 我是为我才写的它。 如果一切按我的设计，绿灯亮起，我踏上斑马线，不管走到中途还是哪里，就会有个男人或者男孩冲出来，按照所写的，拿出刀子捅进我的身体。 他可以捅一刀，也可以捅七刀，不管多少，他都会说一声够了。 然后，对面的杨溢会睁大惊恐的眼睛，向这边跑来，我也会就势躺在地上，带着留在身体里的刀子的凉意。 那个男人或者男孩，他可以是她的男朋友，也可以是普通读者，最好是她的男朋友兼我狂热的读者。 反正，知道我居然同意把作品交出来重新出版，居然还有新的东西，他不能接受。 他唯一能做的就是拔出刀子，他唯一想说的，就是够了。 就像我对你说的，父亲。 我在小说里对你说的。

　　沙子一如既往地落在这个世界。老桑铎找到那扇门，推开它，走进来的这个世界。纷纷扬扬，飘飘洒洒。如果只是远望，会以为是一场没完没了的雪，细小得分辨不出颜色的雪粒被一只巨大的手抛撒出来，充塞天地之间。老桑铎身在其中，自然知道并非如此。当这些小小的颗粒最终落在地上时，从来都不会融化，更不会消失，只会在他脚下累积，把他的视线填满。隔不多久，他就得伸出手来，从前往后，从中间向四周，手指梳过头发，梳掉落在上面的沙子，再往脸上抹一把，在身上掸一掸，要不然，这些形状毫不规整的小颗粒迟早要将他埋掉，就像埋掉门里的这个世界。

　　老桑铎继续往前走，父亲告诉过他，不管推开哪扇门，进到哪个世界，都不能停下来。往前走，才可能找到塑造那个世界的方法。往前走，才可能在塑造成形后，找到出口，将那个世界放出来，注入其他人的世界。记住，我说的是可能。儿子，剩下的，都是也只是祝福。从他立志成为一名塑造师，跟着父亲学习塑造世界的那一天起，这几句话他听过三遍。一遍是立志时，一遍是他懈怠时，还有一遍就是他离家时。作为一名失败的塑造师，父亲毕生推开了三十三道门，可是每一道门背后都空空荡荡，他穷尽所有的精力，耗费所有的心神，都没有任何可以进行塑造的东西。更让他气馁的是,每当他以为这一次要做的就是塑造一个一无所有的世界时,那空空荡荡中就会出现一扇门,要求他离开,证明他的失败。而那扇新出现的门背后,仍旧空空荡荡。我也不算一事无成,父亲总结时,并无苦涩,至少我能够判断,什么样的世界空无一物,无可塑造。

　　什么样的世界呢?父亲并没有说。那时的桑铎已明白,这需要他自己去领会。何况,那样的经验都是一次性的,只属于一位塑造师,别的人,任何人,都无法借鉴,更无法验证,即使是那个塑造师的儿子。往前走,对一个塑造师来说,这是唯一有效的劝告。在他先前已经推开的十一扇门背后,桑铎都是这样做的。哪怕是那扇当他进到里面,才知道门背后只有一个等身的世界,完全按照他的身形架构,没有任何多余的空间,没有任何可以使用的物质。他也只是在闪念间怀疑那就是父亲经历过的一无所有,然后就往前走了。是走,双腿无法实际迈出,至少在他的意识里,是一步一步踩在坚实土地上的。当他终于理解一种可能,将那个困身的世界塑造成一片羽毛,他所有的动作都是它在空中的飘荡时,一道光起,他顺着光离开那个世界。再一回首,那世界确实显形为一片小小的羽毛,倾泻进外在的世界,在其中飞扬、飘悠。

现在,少年桑铎成了老桑铎,他还是会在这个世界继续往前。依据他已然模糊的记忆,这是他在这个沙子世界里跋涉的快第三十六个年头,超过此前他进入的每一个世界,也几乎快赶上他之前进入的所有世界。

我就躺了下去。 是躺,不是摔,他最后一刀拔出,也抽走我的力气,血往外涌,骨头仿佛也涌出去。 就那么软软地躺下,躺在地上看到人像树被风从四周吹拢,围过来,又被风吹开,再围上就没那么密了。 哈,当然不,父亲。 那个持刀的人当然没有出现,我怎么能允许自己这么虚构下去。 怎么能这么轻易地模式化地含糊其辞? 虽然,躺下去也不错。 虽然,躺下去也算打破这些年彼此的沉默,就便还想到几句话——打破沉默,总能领会征兆,你离开海洋,总能得到鱼骨。 蓝色的矢车菊在泡沫里绽放,身上是车轮的印迹——但不能允许自己陷入词语的喷涌性谵妄。 应该告诉你,我再次写起小说,是因为她,我得到绿灯允许,正经过斑马线,走向的她。 杨溢。 她仍安坐在桌旁，右手托腮，像是在发愣，像是在掩饰。 不认识，判断得出是她。 更别说一眼看过去，咖啡馆里没别人。 至少靠窗的几张桌子旁边，只有她。 和一个各方面相差悬殊的人头一次见面，犹如公开展示的位置总是首选，她也需要尽快认出我，站起来以示礼貌，这是基本判断。 抛开这些，凭感觉也是她。 没任何预兆，她写来一封邮件，一写就是三年，持续、稳定，每周一封，不说其他事，就说对我作品的了解，就说新的出版计划。 全是事务性的，干干巴巴的正式，不谈论个人的阅读感受，只说明时至今日，它们与读者的关系，她打算如何做，如何让新的读者发现它们。 语气平静，诉求表达得很淡，如果不是持续不懈地写来，会让人以为和其他人写来的一样，只是兴之所至，能不能成无所谓。 按北方话说，有枣没枣打一竿子。 可她就是写，不断地写。 收了半年邮件，我一直没回，可真的开始考虑把那些东西拿出来了。 她那些内容单调的邮件从不让我厌倦，甚至有点期待。 也许我的自我放逐是把自己扔进一口枯井，现在有人不停在井口喊我？ 无论如何，我对写邮件的人是个什么样子有了猜想，这猜想正可以落实到窗户里边的她。 我并不坦诚，父亲，面对你，哪怕不在眼前，只是想象的你，那句话自然浮现——"够了"，还没出口就已说完，还没犯罪就已定刑。 不，至少现在不了，这次写作拯救你也拯救我。 哦，不管"拯救"是否夸张，忘了它。 现在，我能坦然说出口。 她的邮件不止约稿，这让我们的关系溢出普通的工作来往。 没有暧昧与庸俗，也没有后续，只此一回。 那些邮件很规律，每个周五下午三点，雷打不动，内容也固定，可如此的稳定本就是为例外预备的。 两年前五月的一个周日夜里一点，她忽然发来一封邮件，当时我已经决定按照她的策划，把旧日小说整理出来。 我打算整理好再和她联系。 她在那封例外的邮件里回忆了一桩往事，十五岁时，偶然在隔壁镇上见到父亲参与一场斗殴，原因不详，至少不是为保护家庭和家人。 她父亲拿着一把锋利的匕首，和她完全不认识的七八个人打作一团，场面混乱，以致她完全分不清楚那些拿着武器的人分作几伙，谁又和谁是一伙。 那次群殴如何结束，是否有人死亡或者受伤，她都不知道。 她记得的是，她父亲向一个人冲过去，那个人畏缩地躲闪。 望见父亲的脸，她逃开了。 她还记得，过几天，父亲回到家里，又恢复平常亲切、慈爱的模样，仿佛什么都没发生——这至少证明，他没怎么因为那场斗殴受到惩罚。"他冲向那个人，脸上的怒气、狠劲,仿佛要把那人捅成一块破布,这让他完全变成一头野兽。"她在邮件里这么说。 就是这么说的,父亲,仅仅描述记忆中的场景,除了"野兽",没有任何评述,更不分析当时的心理,事后的阴影。 此前此后,她的父亲都是正常的,和其他父亲一样正常。 只此一回,后来再没发过类似邮件,也从未提到那封邮件,大概她忘了吧,她说出"野兽"也一定就此忘了那次目睹的斗殴。 那封邮件推了我一把,让我看清整理旧稿时心里跳动的火苗是什么。 我决定放下旧稿,写一部新的小说。 写你。

快三十六年,桑铎一直在这个沙子世界行进,始终没有找到能够说服自己,可以着手塑造的起点。此前的塑造师生涯已让他明白,推开一扇门,进入一个陌生的需要塑造的世界,首要之事,不是从整体上把握它,而是从局部理解它。无法从局部理解一个需要塑造的世界,意味着在其中生存将变得复杂,所有的日常之事都将充满变数,乃至凶险。是的,塑造师在独属于他的等待他完成的世界里,依旧要解决生存问题,这是桑铎推开第三道门后明白的。他甚至想,父亲之所以推开三十三道门都一事无成,也许与他在门后的世界一刻不停地前行有关?

每当产生这样的疑问,桑铎都会摇摇头,不是这样。毕竟,他推开前两道门,进入那两个等待他塑造的世界后,依循的都是父亲的经验,最终也据此完成塑造,成功将那个世界引入外在的他人的世界,自己也得以离开,有机会推开新的门。可明白塑造师在其世界中也面临生存问题,确实让桑铎更加懂得塑造的意义。在前两个世界,他像父亲说的那样,"一刻不停地前进",别的一切都不重要,不值得停下脚步。吃喝拉撒是纯粹衍生的问题,感觉被触发时,他可以凭借意念让其在虚拟中完成,让身体获得完成的实在感。休息与睡眠更是无足轻重,他只需要协调好身体,让它的各个部分有序地轮休,在轮休中磨合出更高的效率。第三道门后,徒手沿着一道峭壁攀爬至第五天,桑铎忽然被旁边岩壁里一株草莓吸引,它的茎叶瘦小,举着的唯一果实也只有拇指大小。那果实的颜色已经发暗,可桑铎仍旧被吸引,忍不住绕近十步远的道,将它摘下,放入嘴里。

草莓入口之前,饥饿与饱餍生于感觉,止于意念。草莓入口之后,桑铎再也摆脱不了它的汁液带给口腔、喉部,以至于肠胃与整个身体的填充、振奋。由此,他开始有意识地寻觅更多的草莓,更多的别的食物,再也不排斥其他身体官能的诉求,再也不担心这会延阻他的前进,耽误对世界的塑造。说到底,即使他是个塑造师,有一整个世界等待他来完成,等待他将其引入外在的世界,这一切也仍然没有那么急迫。到后来,官能的诉求与所在世界的条件完全融合,桑铎再也回不到以意念解决一切的时候,他也从没想过回去。尽管,他隐隐知道,即使再次不眠不休不饮不食,他也绝不会死于有待塑造的世界——塑造师必须也只能死在和他人共有的世界。

所以,这三十多年来,桑铎从没放松对生存的警惕。前进途中,他时刻关注着食物、饮水,也随时留意着身体的感受,以便有需要时,能够找到适当的地方,停下来休息。这沙子的世界,食物、饮水隐匿的方式,能够被发现的途径,和他知道的沙漠的运转并无二致。自然而然地,桑铎会认为这个世界就是一座沙漠,至少也是一座巨大的沙丘,特别之处仅仅在于,有风无休止地刮着,卷起地上的沙子,扬在空中。换句话说,这是一个完整循环的世界,沙子不增不减,只是落下、扬起,扬起、落下。这个设想面临的最大问题,是沙子飘扬的方向、力道无法证明风的存在。沙子下落的路线固然有所倾斜,显示不止有重力作用其上,可这倾斜并不朝向一个方向,哪怕就桑铎站立的范围而言。无论他站在哪里,周围的沙子都沿着他的身体,呈流线型,如同大雨浇下。总不能说,风是从上面往下刮的吧?当然,也证明不了风不存在,尤其是,假设这风并非起于一处。有没有可能,同样力度的风从不同方向,在不同地点刮起来?有没有可能,他所有的无法理解,都是因为对沙漠尺度的把握无力?他之前的世界都是精致的,边界清楚的,完全可以从字面上当成"他的"世界,而沙漠超越个人的尺度。

怀着这一谦卑的理解,桑铎足足在沙子的世界里行进了快三十六年,总算搞明白它的基本准则:没有风从任何地方刮起,也没有一粒沙子是从地上起来,再落下。沙子就像单行道上的汽车,只是从上往下。也就是说,沙子的世界并非沙漠,至少不是已知的那种沙漠。

父亲,是你吗? 是你的脸吗? 狭长的强悍无比的,浓黑的眉毛让各部分更见分明的,你的脸。 直到现在,它也没有丝毫映现在我身上,我有的是母亲那圆圆的娃娃相的脸,可天晓得,有多少次照镜子时,我都会恍惚一下,想象着你的脸出现在里面。 父亲,是你吗? 我有记忆起,就是你,以这张脸对着我,以它的冷漠,甚至冷酷,向我证明人世间的不易,要求我必须以更强硬的表情做出回应。 我摔倒,你看,我又一次倒在地上,厂子里的人赶过来,要扶起我,被你喝住。 你让我自己起来,我起来。 我起来,眼泪不争气地流下,你上前给我一个耳光。 哭就滚开哭,你说。 父亲,我不敢哭了。 那时候,我多盼望你什么时候也摔倒在地,就在我面前。 你哭得像个比我还小的孩子,我不拉你,我给你两个耳光。 我想过,两个耳光不够,应该再踢一脚,就踢在你脸上。 可是我害怕,你随便瞪一眼,就让我为自己那么想过而害怕。 那时候你真是一头野兽,只是我不知道。 我不知道你是一头野兽,我不知道我的害怕是面临被野兽吞噬的恐惧。 你始终是头野兽,它扑向我的人生,扑向我成长的每个节点,扑向我想要做出的每个决定,将它们撕碎。 它丢出一句话,就足以撕碎我的小说。 不敢与野兽斗,我就逃离。 逃的时间、空间都足够远,我才能设想一下,总有一天你会衰老,你会死去,野兽也终究会成为人们炖汤吃肉的食物。闲置自己二十多年，我是不是感到了你的衰亡才重新写的？我不知道。我知道的是，它是小说，可它更是你的传记，你灵魂的传记，一头野兽的传记。小说里那个带领众人开荒僻野，建起一座村庄，将村庄建成一座城市的人，不就是你？你从来不自诩，但你拯救了整个厂子，是厂子里三千多号人的头领，是他们的父亲，这是从小到大，他们用一句句话敲进我脑子里的。接下来呢？我接到母亲的电话。对，我还和母亲保持联系，这么多年我对你不闻不问，从不回家，可我和她保持着联系。她从不怪我，也从不要求我回去，更不要求我理解你。有时候，我以为她挨了你那么多的拳头，被你奴役那么多年，自己无能为力，就把我的远离当成对你的惩罚，她通过我表达对你的恨。她那个电话让我知道自己错了。我才明白，我之前那样想就是你的思维烙印，就是野兽撕碎猎物的念头。进而，我欣慰这么多年的逃离，欣慰以沉默以无所事事自我闲置。归根到底，那不是害怕被野兽吞噬的恐惧，是害怕自己也变成野兽的恐惧。父亲，你知道吗？那个曾经在你拳头下哀哀饮泣的女人，个子小小、脸庞圆圆的女人，她在电话里说，你老得不像样子。她告诉我，你是怎样被人合谋，从你以为自己天然就该终身占据的位置上被人赶下来。这不是最大的打击，那些络绎赶来看望你，宽慰你，为你流下眼流，为你愤愤不平的人，他们转身离开，继续工作，开始歌颂厂里新的头领时，你才受到真正的打击。过了两年——她听从你对命运的观察，忍了两年才在电话里说起这事——过了两年，你发现厂子居然比你执掌时，效益更好，局面更开阔时，你彻底垮了。离开你，世界不仅正常运转，还运转得更见风生水起。她只是说了这些事，"老得不像样子"，没有再说其他，没有提出任何要求。你是儿子，原谅他，看望他。她没说。你总该回来，不要再赌气。她没说。她也许不知道我这些年的状况，她也许太知道我这些年的状况。她也许没话可说，她也许有太多话想说。是呀，那群悍匪闯进来，占据城市，统治市民也统治他时，他和他的妻子不也什么都没说？她不知道，她的电话提示了小说的变化。就像杨溢不知道，她的邮件促使这个小说发芽。她和杨溢，说的都是一件事，理解一头野兽。不要在它死掉后，对着它的尸体去理解，那只是一堆肉。理解一头野兽，至少在它风烛残年时，她不就是在你彻底老掉后，连对她挥舞拳头的力量和兴趣都没有之后，连呵斥她到中途都自觉没趣的时候，理解你的？她不就是在写下"野兽"的那一刻,理解属于她的那头野兽? 够了,父亲,我知道怎么理解你,怎么理解你的脸了。 你自然不屈服,你带领市民继续和悍匪周旋,可惜此处没有英雄,每一次你都被打败,跟随你的人都被打垮。 十多次的遍体鳞伤,十多次的伤口愈合,卷土重来,没用多久就没有人再跟从你,他们发现悍匪统治下也能存活。 你孤身一人,继续挑战,没法造成大的麻烦,只图让他们心烦。 他们果然心烦了,发了狠,要求你要么加入他们,能捞点油水,能报复那些离你而去的人,要么就蜷缩在房子里,再也不要出来,只要你到房子外面,被阳光照晒,见了天光,就从你身上剐下一个零件。 高潮来了,父亲。 化身在小说里的你,困在屋子里三天三夜,抽了无数支烟,双眼熬得通红,正是要搏命的野兽。 化身在小说里的你的儿子的我,同样在房间里待了三天三夜,但我没有抽烟,我在磨那把你作为生日礼物给我的匕首,把它磨成一颗坚忍的心。 你推开门,我跟随你。我知道,你不是再去挑战,你是去屈服、去加入。 你没有机会,你来到悍匪啸聚的酒馆门前,踏上门前的阶梯,我就会赶上两步,匕首将会捅进你的身体。 父亲,冰凉的匕首进入你温热的身体里时,我会告诉你,够了。 在那一刻,小说里的我会理解小说里的你。过了马路的我，会理解老得不成样子的你。甚至，原谅你。现在，我将走进咖啡馆，走到杨溢面前，不和她谈出版，就谈谈我们各自的野兽。

沙子从天而降，从无休止。确定这一点，接着的问题自然而然：地上并没有日积月累，眼见得增高，为什么？老桑铎意识到问题的解答将是他塑造沙子世界的起点，这让他不禁一阵激动。确实老了，伴随激动而来的还有眩晕，需要站立原地，静待眩晕过去。就是因为我不停地行进吗？他忽然想。如同漫天飞雪中，一个人不停地走，他才总是踩在新鲜落下的雪花表面，而没有被覆盖。可也有休息啊，就算他形成了无意识地条件反射，休息时也能不断掸去落在身上的沙子，至少周边一只手之外的地方，总该积起来吧？但并非如此。为防止沙子在他入睡后落入眼耳鼻中，或者落进偶尔张开的嘴里，老桑铎已经练就打坐一般的休息方式，每次他睁开眼睛，盘着的双腿周围沙子也并不比其他地方高出多少。莫非和不断落沙的天空一样，落下的沙子积聚的地面也是流动的？以超出人能够察觉的方式与速度，沙子保持着它们内部的均衡？

问题接踵而至,没有一个有现成的答案。这也正常,这些问题互相关联,环环相扣,只要解答一个,其他的不说迎刃而解,至少也离答案不远。不管怎么说,老桑铎决定,都可以抛开父亲的建议,停下来,不是为休息,而是为观察这个世界的另一种可能。想到就做,老桑铎没有再挑选地点,因为过去几十年的行进让他对这个世界有一个无法证实的猜想,它是无边无际的,可它又是有中心的,它的每一处都可以作为中心,只要你认为它是——这绝不是比喻,而是这个世界众多奇异的地方之一。因此,老桑铎就地坐下来,他相信,这一次将决定对这个世界的塑造。他要求自己,必须静下来。像一粒落在地上的沙子那样静,那样与这个世界融为一体。

这并不容易做到。第一次不是为休息,更不是为睡觉坐下来,他很长一段时间都无法解除行进的幻觉。因为人的行动,沙子落在衣服上的地方不同,力度也有区别,因而那刷刷声既有时间差又有力度差,坐下之后,这两样差别也有,可都已细微到超出他的听觉范围。现在不是,他坐着仍觉得自己在行进,注意力仍是开放的兴奋,总会给落在身上的沙子叠加想象性的时间与力度的差别。如果一直这样,也就算了。问题在于,他的心底总有提醒浮现:你现在听到的感知到的,都是幻觉。这两者的交缠让老桑铎额外疲累,坐下没多久,额头、脖颈与前胸、后背,都沁出一层汗来。又过一会儿,汗水开始冷却,他开始困惑,究竟哪一样才是真实的,哪一样才是幻觉。

  老桑铎心知不对,他要求自己,这些都放在一边,连自己和一粒沙子融合的事都不想,沙子落下就落下,落在身上就落在身上,落在周围就落在周围。那感觉总算不再无休止地追赶时间与力度的差别,慢慢地,它们对他无足轻重,开始后退、消隐。这样又过了一段时间,老桑铎闭上眼睛。就像泥沙捏合的人偶,被扔进水中,水的浸泡让人偶崩散,让它漾出一缕缕泥水的线,弹射开一条条沙子的路,泥沙掺和,水变得浑浊,但这只是暂时的,泥与沙终究都比水沉得多,随着它们下降、落在水底,水慢慢地再次澄清、透明。老桑铎的心就如这水,各种思绪杂乱、纷沓,几十年来行走在沙子世界中的脚步声吵嚷中回归,目之所见的一片昏黄的层次不辨的光也总在眼前萦绕不散,随着他坐下、闭上眼睛,它们渐次降落,伏在意识最低处,不是单纯地澄清、隐没,而是得以化解、消融,最后消失。

随后,一片清冷中,一个声音浮现。不是声音,不是单纯传入耳中的音响,是可以扰动身心,将他整个人纳入其中的一种节奏,舒缓的,稳定的,甚至湿润的,让人彻底松弛的节奏,如同呼吸,如同吞吐。老桑铎没有睁开眼睛,但是他看见了,他看见整个沙子世界显现出生命,鲜活的永远无法让其死寂的生命。这生命将他包裹,将他放置在其温暖的内部,如其大无匹的无处不在的空气,如空气中的水分。这生命又在他体内穿梭、来往,将他当成自己的宇宙,汲取全部的滋养,获得完整的空间。这沙子世界,同时在老桑铎的身外与体内,同时在塑造他又被他赋形。沙子世界和老桑铎,在他于清冷中有所知觉,在他无需睁眼而目睹亲炙时,与他成为一体又各是其是。

到这里,老桑铎得以睁开真实的眼睛,他确定眼前纷纷扬扬、飘飘洒洒,如同被一只不止歇的手抛撒下来而成的沙子世界,可以有生命。作为塑造师,他不会幼稚到直接把它当成某个动物的幻影,或者某个他把握不住整体样貌之物的嬉戏。不,这世界是那有生命之物亘古以来无休无止活动的结果,但这并不意味着要给眼见之物添加额外的色彩,更不意味着直接将它交付给神秘之物、不可解的因素。就算它可以用那种方式解释，他作为塑造师，也正是要在此刻斥退那种解释，而以具体的形象，将它带到眼前，带至倾泻的出口前，把它引入外在的其他人的世界。

桑铎收敛起不久前被放逐的心神，激活被他置于枯寂状态的感官，他让它们活跃起来，去感知那隐藏在沙子世界内部的生命，去触摸它在这渺茫无边的浩瀚无匹的世界中无始无终存在的荒凉与生意，去体贴它在一张一弛的节奏中生成一个世界的冷漠、坚定，以及爝火一般若隐若现却绝不会被扑灭的暖煦意念。

然后，桑铎以他衰朽得只剩下感官的身体听到布满沙子世界的歌声，低沉的单调的，由几个音拉长、压缩，却纯然优美的歌声，犹如电流的手指无一丝紊乱地无一个遗漏地，编排有序地拨弄着每一粒降落在地的沙子，每一粒犹在空中的沙子，所组合而成的歌声。

游弋在沙子中，喷吐着沙粒，构成沙子世界的，鲸的歌声。

该倒带了。 刀子捅进去，带子倒起来。 喀啦啦，喀啦啦，寂静中声音响起，喀啦啦，磁头飞速旋转，磁带卷成一圈一圈，内容仍旧，时间的容量没有变化，顺序倒过来。喀啦啦喀啦啦，喀，卡住的话，伸手一拍，继续转起来。喀，断掉的话，拿出来，用透明胶带粘牢，会抹除一点点声音，别有意味，谁能保证不会意外夹入一小片空白。空白如果全部落在事先的留白里，谁还持续不倦地给予意义？再倒，倒带，快进，快退，快进。父亲，是你的脸。我听出来了。刀子在我脸上修饰你的脸。剃掉我的眉，刻出你的眉。嘿，这长长的一根根血之眉，排列起来绕什么东西一圈。什么呢？杨溢站起来。固定地立在原地，自己不必旋转，只等别物前来。试问任何有限之物，予以无限次分割，必然等同于无限序列本身，就此断定前者多于后者，无限 A 多于无限 B，可以吗？她认出我，开始调配表情。刀子无限制游走，一张脸将被刮得无限薄。皮肤再薄也包得住一群肌肉组织，一洼随时可以如注而下的血。游走必然受到限制。到此为止，嗯，就这么停在眉弓上。空空如也的眉弓，挑起一部分尘埃，一部分汗水，余下的轻蔑，就让它顺势流淌。轻蔑，你挑起眉毛，眼神挂不住这世上最轻量级的砝码。调配完毕。她笑，共谋的笑。如果你能做成一件实际的事，我把眉毛剃下来请你喝酒。 眉毛，喀啦啦，眉毛被倒带的声音剃掉，剃刀就能转上一圈。 镜头转动一下，给我背影，呵斥的是你，挨骂的是你。 磁带扔掉，光盘可以，再往回倒一点。 在假设的时空里，你有修好的意愿，你看，你看嘛。 这难道不是你的姓？ 你尚在人世，我要这个姓做什么？ 还不是你的，还不是跟从你。 你看，月亮从窗户外升起来，玉般温润，悬挂，俯瞰，一只兔子蹦蹦跳跳，别无去处。 不，甜蜜的笑，爱人的笑。 酒呀，父亲喝，儿子喝。 父亲，磁带倒至尽头，万事重新来过，我们坐下来，喝一杯如何？ 你得到修正，我也得到修正。 本来就是以你的修正修正我。 她偏过头，目光从我脸上移开。 我居然忘了，你说过，老家门前那棵桂花树是我出生那天，你打电话让爷爷种下的。 温情呀，你不是生就冷血，是什么磨炼了你？ 桂花枝头挂得住一个月亮。 月亮映照，满室生辉。 就坐下来，一起喝吧。 书递给你，这个是你。 指一处，喝一杯。 喀啦啦，继续倒着放，没多少内容了，定一个时，准点从头放，选定模式，这一次放完，它自动从头开始。 先进了很多，一辈子还不是先进了很多。 喀啦啦，喀啦啦，哦，换成这样的形式，也好。 幻灯片的顺序是个困难活，一帧帧看下来要花多少时间。 守着嘛，守着它出现，淡入淡出，左边进右边出。 右前方，男人哦男孩出现，三枚耳钉闪亮。 她转向他。 怎样？ 我守着你，说到做到。 如果你争点气，如果我争点气，一起来嘛。 放进去，终是一场置换。 无所谓拒绝，谈不上主动权，但也无需商量。 它修饰成你的脸。 修整出你的时间。 刀子离开眉毛，竖起来，沿着脸颊往下如何？ 犁沟两道槽如何？ 脸皮是薄的，再厚也禁不住折腾，疤痕是新生的，新的宣言的力量。 再验证又如何？ 我就睁大眼睛，瞪着，你松开手吧，松开，时间和沙子都漏下来。 不会眨眼。 我不会眨眼的。 最后一杯之前，我不会眨眼。 告诉你。 喀啦啦，沙子落在磁带上。 嗯，沙子落在每一张幻灯片上。 哦哦，等等。 拥抱，她紧紧抱住他，脸贴在他脸上。 没有亲吻，但亲昵显然。 和嫉妒无关，只有困惑。 她是杨溢。 我确定。 约一个人的同时约另一个人。 更正。 为保险为安全，带着一个人约见另一个人。 不谈野兽，只谈出版。 这是根本要求。 哦哦，等等。 我领会了。 这是那个设想中将会捅我，或者我刚才过马路时，在斑马线上已经捅了我的男孩。 按照约定，我应该推开门。 走到他面前，握住他的手。 听他对我说，同时我又对你说。 够了。

沙鲸。老桑铎激动地站起来,在落沙中向前疾行几百米,才冷静下来,放慢脚步。没错,这沙子的世界正是沙鲸的产物,他看到了塑造的框架,完备的形象也呼之欲出。往回退一点,不能说沙鲸的产物,这世界不是沙鲸的产物,这世界就是沙鲸。再退一点,退得足够远,这世界确实无边无际,可它确实有中心,沙鲸就是它的中心,游动的时刻推进时刻固定的中心。

中心不重要,老桑铎冷静如冰。现在必须理解沙鲸,塑造沙鲸,只有沙鲸具体了,这个世界的塑造才算完成。最初的疑问已得到解决,这从无停歇的沙子确实是从天而降,它们就像鲸喷出的水柱一样,喷向空中,再纷纷扬扬落下。等一下,这里卡住了,老桑铎一番检验,还好,不是根本性错误,只是细枝末节的不严谨,稍加修正即可。沙鲸并不等同海里的鲸,它生存于沙子世界,也可以说沙海之中,必然有它特殊的地方。不像海里的鲸那样,喷出空气,由空气带动水形成喷泉——或者空气里的水汽,算了,不必那么严谨——沙鲸实实在在喷出沙子。它游弋于沙海,喷出沙子,一种自产自销,自销自受的循环。

桑铎停下,聆听沙子世界的响动——没有任何变化。自然,没有这么简单。他继续走起来,往下塑造。一头沙鲸确实保证不了沙子毫不停歇地降落,数量必须往上增加。两头,这依循的法则过于简易。三头,这是完备的足以无穷尽的数量。三头沙鲸,它们游弋于沙海,吞入迎面而来的沙子,再将它们喷洒在空中,落在地面。这样互相也有替换,毫无间断。他在这个世界里的近三十六年时间也有完美解释。这一关联不禁让他神清志明,瞬间算清楚,自己推开那扇千年古松根部的大门进入这沙子的世界,已经三十五年三百六十四天二十三小时零五十分。再有十分钟,他就在这里待满三十六年。如果这十分钟内他不能塑造完成,也许会再待三十六年。

但不必了。三头沙鲸,它们共同成为这个世界,这一次不会有错。老桑铎信心满满,再次停下来。这一次……这一次仍旧没有响动。哦,怎么能犯如此低级的错误?他嘲笑自己。如果是三头,它们各自摆动身体,巡游各自的领地,那么沙子的降落一定有倾斜,互相会有重叠,重叠早就会被沙子降落的不均匀证实。根据他的行进与观察,不均匀的猜想显然不吻合实际。老桑铎拍拍脑袋,做出修正。确实是三头沙鲸,但它们拥有一具身体。三头沙鲸在一具身体里互相依存，轮番休息，互相补给，又相互修正，这才保证沙子下降的速度与密度，如此的均匀恒一。

　　修正刚刚给出，老桑铎就感到脚下的颤动，沙子被翻炒似的流动、翻滚起来，双手无需张在耳畔，都能听到那明确的歌声，不同于之前的感知，现在是如此的清晰清澈，如在眼前。老桑铎稳住身形，准备见证沙鲸从沙海中浮现，也许它们还会张开唯一的嘴巴，让他把手伸进去，摸到那粗糙的舌头，舌头的边缘。可是没有，沙子流动一下又停住，响声传递到他耳里又消失。这是什么情况？老桑铎从没遇到。有就是有，没有就是没有，给出绳子必然能从后面牵出牛来。而现在，绳子悬在空中，被拉到眼前，绳子后面的牛却凭空消失了。

　　只有五分钟。老桑铎没有时间去着急，更没有时间发脾气，他收摄心神，全部的心力都放在这又三又一的沙鲸身上，以免一不留神，它们游走，消失。对，没有解决的问题是，沙鲸为什么要在这里。仅仅是为了吞吐沙子的游戏吗？游戏不是不可以，但这个量级不能如此低级。沙鲸是有目的的，可以说它们就是为了等待被他塑造成形，可这并不是最终目的，他的塑造也仅仅是手段,被借用而已。

对了,老桑铎彻底明白。想到这里,他大喘一口气,想停下来,可是已经由不得自己。是沙鲸没错,这沙子的世界是沙鲸游弋的世界,是它喷射、嬉戏的玩具,可它也是它的身体。沙鲸在这沙子的世界入乎其内,出乎其外,可以说它和它的沙海是同一。但它在老桑铎动了意念,为塑造做准备的那一刻,就开始在外面的世界游弋。它吞吐迎面而来的一切,它把整个世界,完整的宇宙都纳入自己的体内,同时又放置面前。它吞入迎面而来的一切,将它们消化成沙子。终有一刻,在它身体里面又在他眼前的世界会被完整消化。那时候,老桑铎熟悉的能够知道的时间和空间,都将只剩下均匀的不断落下的沙子。唯一的活物,只有彻底把游戏当成目的的沙鲸。

到这里,老桑铎总算明白,以前自己和父亲一样,认为他推开三十三道门,门背后都空无一物,那是一个塑造师人生最大的失败,实际上,那是最大的幸福。

但这已经是老桑铎多余的念头,因为塑造完成的沙鲸,正向他游来。

杨溢回到租住的房屋时,曙光已从东方扩散开来,拉得密实的窗帘都遮挡不住。"你太累了,回去歇歇,我照顾你爸就够了。"母亲说。她确实太累,从三天前父亲手术到刚才,一直拘在医院,忙前忙后,日夜照顾。偶尔能趴在父亲的床边打个盹,可就算打盹,她也保持着随时可以睁开眼睛的警醒。

现在又怎么睡得着?杨溢在床边坐下,一帧帧过往的和父亲有关的画面在脑子里走马灯,它们并不匀速,清晰度并不相同,可它们也并不随她的意志而停留而放大。画面的流动中,这几日因忙碌而延阻的担忧猛地在她身上发作,她才真正意识到,过去这段时间,她随时都可能失去父亲,尤其是他手术那几个小时。也是这时候,她才感受到时间之痛:来北京已经五年,已经五年没怎么和父母有过交流,连好好坐在一起吃顿饭都很少,而她五岁时骑在父亲脖子上看花灯的情景,仍清晰如昨。

不管怎么说,父亲算是挺过来了,她也挺过来了。"爸,你可要好起来。"杨溢出了声,仿佛父亲就在房间里,就在她对面。现在,她确实需要睡一觉,歇不了母亲以为的那么长的时间,至少也得恢复精力,够她去社里处理堆在手边的工作。这时手机响了,是她从网上找来的座头鲸寻求朋友的声音,专门用来提醒她有工作邮件。

一封定时发送的邮件。"杨溢,你收到时,我已经推开第十三道门。"主题就这么一句话,附件是一个 word 文件,发件人桑铎。杨溢并不喜欢桑铎,可她确实喜欢他的作品,三年前偶然看到,她断定,他的作品很适合现在的读者。又听社里前辈讲,桑铎二十几年前很受关注,可惜很快销声匿迹,据说完全停止写作,过起了隐居生活,她知道,这可以操作出当下需要的噱头。只辗转找到桑铎的邮箱地址,杨溢发去问候,并提出将他以前的作品重新出版——她没问对方是否还在写作这么不友善的话。况且,真在写着,也未必能比以前的好。桑铎没回邮件,可至少那封邮件没被退回。杨溢鼓着劲儿,写去第二封第三封,后来干脆把它变成每周的例行工作。核心意思还是那么点儿,有时候会稍微扩散开来。但桑铎从未回话,就像一堵只负责吸纳的墙。有时候,她对他的沉默感到愤怒;有时候,她又把他的沉默当成信任的表示。但她从没有写去超过工作范围,超过他的作品她的选题的内容。

现在,他忽然回这封邮件是什么意思?没有必要揣想,杨溢下载了附件,要打开,手机提示:文件设定为直接打印,请确认。杨溢点了确认。永远候着的打印机的蓝牙闪烁一阵,发出声响,开始打印。那是桑铎的小说,题目是"沙鲸"两个字,又画一道线,表示删除。桑铎此前并无这个名字的作品,再扫几行,能认定,他之前也没写过这个内容。新作品,刚刚完成的?杨溢迅速看起来。小说双线交织,一条线以第一人称意识流动的方式,讲述一个男人和他父亲的纠葛,另一条线则是一个带有奇幻意味的故事,一个男人在沙子的世界行走,一切也似乎和他父亲有关。小说笔触晦涩,有的地方过于紧实,有的地方又留白过多,让杨溢一时间判断不清楚,这是正文定稿,还是草就的初稿。

不等她进一步判断,打印出来的第四页就出现问题。前面七行还是正常的仿宋体五号字,接下来就是一片黑。也不是一片,就像正常的文字一样,只占据版心的面积,也有分行,每一段也前空两字,每一段首尾也都清晰。只是在应该显示文字、标点符号的地方,是一行行的黑墨,就像有人选中文本,再做了"突出显示"的处理,只不过颜色选择为黑。

杨溢愣了愣,手机出了问题?她伸手去拿,却发现离手机越来越远。不对,是手机在向后退。不对,是她和手机在相互远离。杨溢吓了一跳,站起来。站立的一瞬间,没有砰的一声,却有那样的时刻,她的房间猛地扩张开来,像是突然被大力吹胀的气球。房间的六面都往各自的方向加速退去,整个空间急速膨大。杨溢还能保持站立的姿势,却也相对或绝对地向下坠落,而房间里的一切早已在她周围飘浮。打印机还在工作,不过也受到影响或者得到改造般,打印的速度加快,每打好一张就弹出来。

　　打印的稿子就这样飘飘扬扬弹出,遮挡着杨溢房间里的上方,填充着越来越大的空间。除了下坠,也没有其他事情可干,杨溢干脆摒除其他念头,抓住能抓住的打印纸,继续看起来。大部分页面上仍旧"写满"黑色色块,但它们并不一样,那黑色的地方深浅不一,有的地方甚至是浅浅的灰,也许不到黑色的百分之十,但仍旧没有字。不同程度的黑色一行行一段段一页页分散开来,就算原本有什么规律,也因为飘散而打乱了。也有少数几页文字,还在继续开头的两条线索,不过推进缓慢:一方还在与想象的、认定的父亲纠缠,一方还在无边无际的沙子世界行进,猜想、追逐着一头沙鲸。

　　打印机发疯一般,拼命向外弹射打印好的稿纸,每一张的力度和角度都不同,就算在持续扩充的房间里,也分布得越来越密。杨溢随抓随看,看到后来,她冷静下来,她想知道,这个小说究竟如何结束,这件事又会如何结束。然后,她停止抓取身边的小说稿,凝聚心神于一处。又过了一刻钟左右,没有任何提示,打印机的声音就消失了。

杨溢不知道是没有纸张还是已打印完毕,也不需要等待多久,就在她抬头望向打印机时,一张纸穿过如雪花飞扬的其他纸张,来到面前,那缓慢而坚定的身姿,一望可知,正是最后一页。杨溢双手持定,看见半页纸仍旧布满黑色的条块,看颜色像是百分之百。就这样结束了?杨溢满怀失望,桑铎未免太弄玄虚。她的整个身体也开始失去平衡,向下坠落。

且慢。下坠中,杨溢再看看手中那张纸,最后一行黑色条块下面还有内容,那是一个汉字,整个页面上唯一的汉字。五号的,并无加粗的黑体字,它另起一行,前空两字,兀自站在那里,像是从前面几百页纸里逃脱出来的,又像是带领那几百页纸里的文字终于抵达显形之地,让杨溢禁不住念出声来。

　　是。

出声的一刹那,整个空间静了静,停止膨胀,杨溢的双脚也落在实处。顾不上确认是否落脚在原来的地板上,杨溢又对着那张纸,刻意地大声地念出来——"是!"这次是真实的砰的一声,A4纸在她手里散成一团流沙,崩散开来。砰砰声四起,她抬头四顾,之前飘散的每一张纸,都变成沙子,纷扬散落。

没有来由,杨溢认定自己变成了一头沙鲸,吞吐起这个房间里的一切。

核桃树下金银花

弋舟

授奖词

《核桃树下金银花》借书写一次邂逅,使人重新置身于具体的事物中,恢复与他者有机、有情的联系。小说的主题类似神启,同时对物理人情有近乎实证式的体察,能将超越性的精神领悟落实于日常生活的细密纹路中。

如今送快递的电动三轮车已经成了路面上的交通灾难。行驶中我也受到过它们的妨碍。但我很难去谴责它们，因为在情感上，我觉得自己可能算得上是这个行当最早的从业者之一。我经常会把自己想象成快递小哥们的先驱。

那年我十七岁出头，差不多算是抢了一匹这样的铁马，一路风驰电掣地穿行在玉林街。本来也没什么目标，非要说有的话，我心里最初的方向纯然只是一个念头。那个念头的心理地名叫"透口气儿"或者"撒个欢儿"，就是诸如此类的情绪而已。临近高考，你能明白我干吗会想这么干。

结果是电动三轮车上载着的包裹驱策我将纯然的心理地标换成了玉林街。没错，那儿正是这件包裹需要派送的地址。

你看，这没什么好说的，既然你跨上了一辆送快递的电动三轮车，你就得把车上的货给送了。

那件货挺大，用绳子捆在三轮车货箱的顶上。如果它是塞在车厢里，没准我就不会奔赴玉林街了。可它正是如此拉风和招摇，摆明了你不重视它，你就是犯下了天大的罪过。有些事态一旦摆在眼前，就会成为态势，你必须对它做出反应，好比一只沙袋吊在眼前，你只能硬着头皮迎上去，忍着疼，挥拳狠狠地揍那么几下。我把这种事态称为"规定性事态"。

那时，一件"规定性事态"的包裹捆在车顶，我必定会被唤起某种给定的身份归属感，它让整部电动三轮车有种满载了一番道义的属性，甚而，我还会因之升起一种自己也不大确定的荣誉感。你知道，顶着它，电动三轮车偶有颠簸，车身会发出不稳定的摇摆，于是好了，在这种不稳定的摇摆中，骑手的荣誉感却油然升起。

这匹铁马是我从张桓那儿抢来的。彼时恰在午后，张桓将他的坐骑停在了学校门口。"坐骑"这词儿，是张桓自己的命名，想必给了他有效的心理暗示，让他在蓉城走街串巷时豪情陡生。他需要这个，否则无法面对我们这帮朋友——大家初中毕业后分道扬镳，有人接着读高中，有人跨着坐骑送快递去了。读高中的实则羡慕跨坐骑的。快递员在那时还是个新兴职业，而所有新兴的东西，在我们的时代都天然地具有正确性与优越感。当时，一群人围着电动三轮车，可不真的就像是在瞻仰赤兔马？它还真是有点威风八面，黑色的车体，白色的大 LOGO，在一帮高中生眼里，有股身份确凿者才有的派头。

我得骑着它走一遭。这念头不由分说，就是一只沙袋吊在你眼前于是你便只能攥紧了拳头迎上去的状况。

我问："跟骑摩托差不多吧？"

这么问，是因为我会骑摩托。

"一样的。不过货拉得多就得当心点儿，搞不好会侧翻。"张恒说。

他可能嗅到了不祥的气味，于是企图吓唬我。

我说："我这身板儿问题不大，镇得住。"

张桓单薄得像张纸片儿，不言而喻，所谓侧翻，对他也许才是成立的。而那时候，我处在人生吨位最重的好年华。足足一百九十三斤，我比身边所有的人都大了不止一圈，自我判定为一个失败的胖子。但这个失败的胖子，在这件事儿上难得地摊上了优势，我完全称得上是一块可靠的压舱石，能够稳定住一切妄图侧翻的坐骑。想把我掀翻，那可真不是件容易的事儿。

然而张桓还是不肯轻易让出他的权力。他以掌权者才有的口吻宣布说：

"不开玩笑，公司有明文规定，货车严禁交给他人。"

此话蹊跷，对于那时的我们，完全是另外一套话语路数。"严格""明文""他人"，至少，这些话当时在一个失败的胖子听来，只能加深这个胖子的失败感。除了不祥，张桓肯定又嗅到了另外的气味，混杂着沮丧的酸味儿和悲愤的硫磺味儿。他絮絮叨叨地说他送了一早上的货，送货是有时效的，他必须赶在下午三点之前干完这一趟的活儿。

我问他："那你还跑这儿嘚瑟什么？"

他说："歇口气儿呗，看看你们呗……"

好了，"歇口气儿"直接诱发了我"透口气儿"的联想。我们都受制于一口气儿，这就好办了，既然这是大家共同的困境。我冲他笑笑，手已经搭在了他肩膀上。我在使劲儿，尽管还没有形成暴力，但向他传递的意思明白无误：走开，否则我帮你走开。

"真不行啊，哥们儿，"张桓下意识夹紧了腿，像是夹紧了他的马背,"这车是缴了押金的,有个闪失我的饭碗就没了。"

我在跟他对话,但用的是手语。最后他还是听懂了。

他说:"那你骑一圈吧,试试就好啊,其实没啥好玩儿的。"

彼此换位,跨上去,我觉得车身被我压得向下一矬,那感觉就像是真的跨上了一匹马,它极富灵性地微微下沉,缓冲掉瞬间的重荷之后,又柔韧地挺起了腰背。顿挫之间,简直就是一个活物。

张桓讪讪地问:"怎样?是不是没啥特别的?"

"挺好。"我由衷地说,手里尝试着打火。

那家伙被驱动了,向着街对面歪歪扭扭而去。这一段我是在逆行,三轮车走着不规则的曲线。扶上马,送一程,张桓跟在后面慢跑,像个跟在大统领座驾边儿慢跑着的保镖。其他人在起哄。随后我在路面上掉了头,迎着张桓马力十足地开过去。他望着我笑,继而把笑凝固住。当他的坐骑有如马儿嘶鸣一般从他身边轰吼着驰过时,他只来得及在我身后丢下这么一句话:

"货得送到玉林街啊。"

这句话他说得上气不接下气,听上去像一声力不从心的叹息。

电动三轮车很好骑，我的确镇得住它。它在路面上畅行无阻，那些耀武扬威的大家伙不得不挤作一团蠕动的时候，恰是它灵动流畅的时刻。这感觉对一个失败的胖子而言，真的是美妙极了。囿于肉体的庞大，生活中我已经习惯了笨拙和艰难，而此刻世界变得像丝绸一样光滑。于是行动本身不断自发地推远着目标。最初，我不过是想要跑一小圈儿，我的那口气经年累月，堪称一口浑厚的恶气，浑厚到都已经让我不大敢使劲儿吞吐的地步，至多吹气如兰地吁一吁。可在车流中穿梭了几下后，我就有了吞吐大荒的气魄。三轮车的轻盈成为了我的轻盈，它黑色的车身和白色的大LOGO，显豁地重新命名了我，让那顶失败者的帽子从我的胖脑壳上随风吹落。我生活在黑色的六月久矣！即便是冬天，也被那个可怕的月份所折磨。现在，我才意识到原来成都四月份的天气这么巴适。我觉得我是逆行在时光的隧道里，从四月回向三月，二月，一月，总之，与那个不由分说、只能蛮横逼近的高考时刻背道而驰。

我的确有可能真的害死张桓了。"严格""明文""他人"这些词儿，将会因为我的行径而去围剿他，"押金""饭碗"这些狠词儿，将会不由分说地揍翻他。他现在唯一能做的大概就是：走进校门，认领命运，逐渐膨胀，直到坐在我那张课桌前，成功地蜕变为一枚失败的胖子。而我，渐渐地成为一张美妙的纸片儿，跻身于快递行业最早一批从业者的行列。此刻发生着的一切，对我终归只是一个故事，但对张桓，就是一个不折不扣的事故。他此刻该有多崩溃，我是完全能够想象的，纸片儿一般的他跨着坐骑乘兴而来，却不料被敲掉了饭碗。但我没法不混蛋这么一次，就像谁都不应该在四月却过着六月的日子，就像没谁可以剥夺成都四月份巴适的好天气。为此，你被授权可以嚣张地去冒险，去慷慨地犯浑。

铁马在不自觉地往玉林街方向跑。这点起初我是没有意识的，我只是被莫名的力量所驱使。回头想想，这事儿其实好懂：老马识途，一旦你跨上了一辆送快递的电动三轮车，你的路线与目标便已经被圈定。

这是我第一次驾驶电动三轮车，但我熟练得就像是驾驶过它一辈子，我觉得我完全就是在做着一件压根不需要学习的事情；做一个快递员，我压根不需要被教育，它就是我生而为人的本能。

我加大马力,并不知道自己是往玉林街跑。我还以为我是冲着烤兔跑呢,这对一个失败的胖子而言,简直就是天经地义的方向。华西医院对面有我钟爱的烤兔——华西医院在玉林街方向,这个逻辑的链条,是一个失败的胖子内心朴素无华的真理。循着真理的轨迹,我在华西医院对面成功地吃到了烤兔。坐在店里享用,优哉游哉地隔着玻璃瞅向停在路边的电动三轮车,我将此刻的美食当做了辛劳工作间歇的一顿犒赏。

重新上马,被满足了的胃便不再为我引路了,偶尔颠簸的三轮车,终于开始提醒我身负着某种使命。我在路边停下,研究那件车顶上的包裹。它贴着的包裹单上确乎有个写着玉林街的地名:

玉林街　民航成都飞机工程公司职工宿舍

我想这并不难找,因为这个地址看上去就不像是个泛泛之辈。我踅进巷子里,信马由缰,开始蛮有派头的梭巡。打麻将的妇女被惊动,目光警惕地尾随我。我经过了坐在板凳上嘬荷叶菊花的闲汉、当街开张的剃头匠,沿着一条乌黑的排污沟前进。尔后兜转一圈，恍然又是打麻将的妇女、坐在板凳上嘬荷叶菊花的闲汉、当街开张的剃头匠。显而易见，我迷失在四月的时光里了。玉林街就是一座不折不扣的迷宫啊。不过我才不在乎呢，我并不在乎被绕晕，不在乎妇女、闲汉、剃头匠次第在我眼前打转，不在乎骑着赤兔马却走了麦城。作为一个失败的胖子，我从来不在乎铩羽而归。

可事态一旦成为态势，便自有其意志。几圈之后，我看到一家杂货店门口蹲着个跟我一样胖的女孩，她穿了件阔大的老头衫，却长发披肩。三轮车在她面前停稳，我下来了，看清原来她也是坐在一张板凳上的，不过板凳比起她来，小到可以忽略不计，让她看上去咄咄逼人的像是蹲着。

"我找民航成都飞机公司，"我说，意识到并没说准，定定神，又说一遍，"我找民航成都飞机工程公司，嗯，职工宿舍。"

"找去呗。"

她一出声，我就知道我遇见了一个同伙。她的那种腔调，冷漠，无理，有点儿幸灾乐祸和缺心眼儿，诚然就是一个失败者的腔调。你也看出来了，这女孩就是我的翻版，不过比我多了一头披肩发而已。

她盯着我身后的三轮车问：

"你是送煤气罐的嗦？"

我知道，她的眼睛要绕过我看到我身后的风景该有多难，我常常自诩为是一堵墙。我善意地错开一点儿，以便让她看得分明。这对我而言，绝对称得上是善举。你要知道，仗着一副庞然的身板儿，我可没少跟世界作对：故意扩张，为的是挡住后排家伙求知若渴地望向黑板的目光；故意扩张，为的是塞住门框，阻挡住尿急者错乱的脚步。而且我也相信，所有失败的胖子多多少少都会和我一样，对这个世界抱有不大不小的寒碜的敌意。

"不对，我是个送快递的。"我几乎是温柔地向她解释，"和邮递员差不多，但是比那帮家伙更高更快更强。"

"你不是飞机公司的吗？"她说，"没有比飞机更高更快更强的了吧？"

一刹那，我觉得我是被她戏弄了，她这个失败的胖子，在智力上至少比我成功。但我很快不这么想了，因为我从来笃信，没有一个胖子的智力会高过我。还有就是，尽管这世上失败的胖子不少，但让他们狭路相逢，却一定是个小概率的事件，至少在我的经验里，从未遇到过像眼前这个女孩一般与我旗鼓相当的。怎么说呢，嗯，金风玉露，对她我竟有股惺惺相惜的爱惜。

"别逗了，不是那么回事儿。帮我想想，民航成都飞机工程公司，嗯，职工宿舍在哪？"我说得诚恳。

她威武地站起来了，动静令我都不由得想退避一步，更加让我确认自己是找到了一个同伙。

"胖子，这里压根就不可能有飞机场。"她用一根一点儿也不亚于我的胖指头环指一圈，"全是楼，全是楼啊。"

我也冲她伸出一根粗壮的食指，勾一勾，示意她过来，瞅瞅车顶上的那只包裹。

她倒是大方，凑过来看。

"玉林街，民航成都飞机工程公司，嗯，职工宿舍。"

我吁了口气，幸好，是个识字儿的。

她拍拍我的肩膀，那真是砰砰有声。

"你完了，胖子。"

她的声音像我一样温柔。

"啥意思？"我说。

"玉林街。"她重复一遍。

"是咯，难道这儿不是玉林街吗？"

我错开一步,看她身后的门牌号。没错啊,玉林十巷七号。旋即,我便知道我是真的完了。可不是吗,以"玉林"之名,至少有十巷之多,而这个包裹的单子上只大而化之地写着"玉林街",就好像玉林街如同中南海一般独一无二。

"你得帮帮我。"我温柔地说。

"这个可不好帮,"她耸肩做了个很够劲儿的动作,"不光不知道是几巷,你还不知道东西南北。"

"东西南北我还是知道的咯。"

我顿了顿,整理了一下方向感,觉得把握尚存。

"玉林分玉林东路、玉林西路、玉林南路、玉林北路。"

她当然是笑起来了。一般情况下,只要有人冲着我笑,甚至我自己对着镜子冲自己笑,我都是不惮以恶意来揣测的,但此刻我不觉得她带有讥讽。

是啊,这是很崩溃,我所面临的困难不亚于课桌上堆积如山的习题。然而我一点儿都不焦灼。我想,是对面这个女版的自己安抚了我。她把握十足地站在我面前,加强了我们失败胖子阵营的砝码,我们无所畏惧,大不了彼此依赖,共同失败,共同胖下去。

果不其然,她又一次拍打我的肩膀,说道:"没事儿,就一起找找呗。"

我重新跨上坐骑,一瞬间,甚至想象着一把也将她拽上来,从此扬鞭策马、红尘潇洒。 她自岿然不动,嘴角挂着平静的笑意。 我立刻感到了羞愧,为我的幼稚和盲目。 现实从来残酷,我却心怀叵测的梦想——这辆电动三轮车,承载了我,已经是它的极限了。

重新下马,我推着那家伙走。 这是眼下行走在玉林街唯一正确的姿势。 我当然可以还骑着它,跑慢点儿,但我没法想象一个胖女孩像个跟在大统领座驾边儿慢跑的保镖那样地尾随着我。 谁能想到呢,我从张桓那里抢来一匹快马,原来却终究是要推着走的。 如果知道是这样的局面,张桓他也是会宽恕我的吧。

我们走在四月的玉林十巷里。 不必说,路面完全被我们堵塞了。 这却给予我们一种满盈的豪情。 我们最大程度地充斥了虚无的时光,拥有了结结实实的肉身者的尊严。 迫于无形的压力,路人一定是要给我们让道的,贴着墙根,让我们簇拥着一辆电动三轮车先行,款款而过,我们就是这样被世界礼遇,连风都得绕着我们走。

想必她的心情也与我相仿。证据是,走了大约十分钟后,她开始显得有了些闲情逸致。

"核桃树开花了嗦。"她指着排污沟边浓荫蔽日的树木说。

对于树木,我是一窍不通的。顺着她的胖指头瞧,我有生以来第一次认识了一种树。这树,大约有二十多米高,树皮灰白,纵向排列着浅纹,花苞完全颠覆我对花朵固有的认知,差不多就是我眼里认定的果实,只在顶部有那么一点儿花的意思。

"我家地里种了好多核桃树。"她说。

我不觉得她这是在卖弄,因为种核桃树这类事儿,在那时候就不是什么值得卖弄的事儿了。很久以来,人们卖弄着的,早已经是种摇钱树之类的把戏了。可我还是感到了羡慕。让我羡慕的,除了种核桃树这事,还有她大大方方说出此事的从容和磊落。我想我是做不到的,我也是个只配跟人吹嘘栽种了摇钱树的家伙。所以,尽管我们同样是个胖子,也许还在很大程度上同样是一个失败的胖子,但至少,她在种核桃树这类事儿上,境界遥遥地领先了我。

"真不错。"我赞叹道。

她话头一转，说："还有金银花，我妈在核桃树下还种满了金银花。"

我一时有些转不过弯儿，仰着的脑壳不由自主地埋下来，好像生怕一不小心践踏了那核桃树下的金银花。没错，我出现幻觉了，感觉不是行进在玉林街的某一巷里，而是如沐春风，徜徉在一派田园风光中。

"知道啥是金银花不？"

"不知道，"我说，"——噢不，我知道，冲凉茶的咯。"

我不想在她面前暴露我的无知，不是好强，竟只是温柔的不再与世界拧巴的心情。

"没错，可是你肯定不知道它还叫别的啥名字。"

她和我对视了一眼，我们的眼神胖胖地对撞了一下。

"它还叫忍冬花。"她说，"因为开出来的花先是银白色的，再变成金黄色，才被叫成了金银花。"

"还是叫金银花好听，又是金又是银的。"

我依然是个只晓得摇钱树的浅薄蠢货。

"其实没那么富贵，金银花一点儿也不娇气，种上能有三十年的收成呢。"她停了话头，发出一声缥缈的叹息，"马上五月了,田里的金银花就要采摘了。"

说完这话,她便离我而去,仿佛直接去往田野里摘金银花去了。

我当然是回不过神儿,换了谁都会一下子回不过神儿。何况我还推着辆电动三轮车,于是只能傻在那儿不动。只要想象一下当你从某个动人的、关键还是与某个人共享着的蓝图里突然被遗弃,你就会明白我当时的滋味。有那么一会儿,我觉得我可能是中暑了。推着辆电动三轮车,即便是在巴适的四月里,一个胖子也会汗流浃背,更可怕的是,这个胖子方才还因为有了另一个胖子的加盟而变得怀有了温情和善意,变得不再觉得自己纯然就是一个失败的胖子,变得鄙视自己的摇钱树思想,变得对植物学发生了轻微的兴趣,变得萌生了一丝去见识田园风光那种自己经验之外景致的愿望——变得就像他自己的一身肥肉那样的柔软。

不是说好了吗,"没事儿,就一起找找呗。"

我不能不做出判断:嗨,死胖子,你今天撞鬼了。哪儿有什么电动三轮车,什么烤兔,什么玉林街,什么飞机场,全是楼,全是楼啊。但做出此种判断的同时,我的脑子里依然充斥着一派自己未曾经验过的风光。

当年,在四月的玉林街上,你可曾看到过一个被雷蒙的、茫然无措的失败的胖子? 那天我骑着一辆抢来的电动三轮车,不达目的誓不罢休地穿行在玉林街上。 我不甘心,我在拼命地找,拼命地找。 我找的既是玉林街民航成都飞机工程公司职工宿舍,也不是玉林街民航成都飞机工程公司职工宿舍,要"找到点儿什么"这个念头本身,也许才是左右着我的真正的动力。

当暮色四合,我将三轮车开回到学校门口时,好几个张桓一起向我扑来。

那是张桓,张恒的哥哥,张桓的爸爸,以及张桓的亲戚们。他们是一个纸片儿的家族,在我眼里,就是好几个张桓。 还没下马,我的后脑壳就挨了一巴掌。 那也不过是纸片儿般的一巴掌,但却将我的眼前打出了华丽的金星。

知道吗,我看到了硕果累累的核桃树,我看到了一望无尽的金银花。

许多年过去,如今快递小哥没啥神气的了,新事物成为旧事物,都是这样的结局。

刚刚我还趴在家里的露台上,看小区保安扭着一个快递小哥往外赶。这位小哥端的像张纸片儿，不能不让我将其想象成我的同学张桓。如若真的是张桓，那么他就是一个持之以恒的快递楷模。可这显然没有可能，我为自己滑稽的想象而沮丧。多么无聊啊，或者多么伤怀，一转眼，你就是一个无所事事、胡思乱想的中年胖子了。

我回身进到客厅，倒在沙发上，安静地聆听楼下的吵闹，从呵斥与争执，到辱骂与咆哮。

我一直在周而复始地减肥，这差不多成了我毕生的志业。效果最好的时候，我减到了一百四十五斤——那可真是个像模像样的公子哥儿。但我最初并不知道，上帝赋予我沉重的皮囊，本来是要平衡我灵魂中根深蒂固的轻浮的。这是上帝和我之间一桩很严肃的密约。我就是我自己灵魂的秤砣，是我自己船身的压舱石，我轻了，灵魂便四方飘散，我轻了，就得翻船。大学毕业两年后，在二十四岁的时候，一百四十五斤的我搞砸了家里原本非常兴旺的企业，一夜之间，连居住的房子都得抵押给银行还债。那是我老爸一生的心血。一个公子哥儿倒下了，他在半年之内，体重重新攀爬到一百九十斤以上。

我跟着爸妈离开了成都，就像是一个拖累着双亲的巨型婴儿。我们一家人在西安开了爿只有两张桌子的串串店,每天呼吸充满牛油与花椒味的空气,至少还可以让我们不觉得已然背井离乡。

有那么一个深夜,我在浓厚的川味儿中失声痛哭,老爸不得不连哄带吓地把我拖到街边儿去,以免我惊走店里本就稀缺的客人。他手足无措地站在我身边,而我干脆一屁股坐在了马路牙子上。我这个失败的胖子无法完成蹲姿,要么站着,要么只能坐着,上帝没收了我身体折中的姿势。老爸系着脏兮兮的围裙,神情木然,只能说一些"从头再来"之类的废话。后来我哭累了,抬头发现,自己原来是坐在一棵核桃树下的,黑暗中密实的树叶混为一个整体,从而在夜风中神圣摇曳着的就是整个树冠。那是我唯一认得的树木。

我知道我得振作起来。这并不说明我天生有自强不息的品质,我只是在十七岁时被上帝调教过。可我一旦振作,体重便开始下降,就像是一个悖论。我惧怕自己重新变得轻浮,于是振作一段时间后便重回消极气馁,在某个深夜坐在核桃树下恸哭一场,继而,再度振作。朝三暮四,我活在时重时轻的轮回里。

说来也很神奇,最重的时候,我没突破过一百九十三斤,最轻的时候,也再未跌至一百七十三斤以下。从一百九十三斤到一百七十三斤,这个区间,俨然是我开展生命运动唯一可行的活动半径,我的跑道并不长,只能折返在这样的一个摆幅里;我所有的悲伤与欢乐,见诸肉身,不过起伏在这样一截微不足道的波段里。不过区区二十斤——等我有一天终于勘破了这个秘密,我就突然得到了解放。因为我看到了本质,看到了生命的限度。

那一年冬天,我在将鸭肠和豆皮串成一把把串串之余,开启了在网络上写穿越小说的生涯。我的网名叫做"不过区区二十斤"。这个网名决定了我直抵某种神秘本质的书写能力,我觉得我多少摸准了自己命运的脉搏。事实也证明,这回我算是弄对了。

差不多用了五六年的时间,我向爸妈宣布他们可以搬回成都去了,我已经有能力为他们在成都买下最体面的房子。但他们异口同声地向我表示:此地乐,不思蜀。串串店当然是不用再开下去了,而且其后很长一段时间,我们一家三口都心照不宣地拒绝吃一切与牛油和花椒有染的食物。我的确赚到了不少钱,但我未曾松懈过。网络作家的生活非常适于我,后来,我在一些活动中与同行碰面,发现十有八九,大家个个都是一副失败胖子的尊容。这个群体日以继夜地过着昼伏夜出的生活,不免苍白而浮肿,像极了挂在天边败絮般的云团。

刚刚我在露台上还称了体重,一百七十三斤。这是我人格的红线,按照经验,我应当开始一斤一斤地爬升了。就是说,我该启动消极气馁的按钮,让心情沉下去,让体重升起来。可是这回我有点儿拿不准,因为我竟感到消极沮丧也不是说启动就能够马上启动了。至多,我不过是感到了多么无聊或者多么伤怀,可这与那种浑浊而滞重的悲观相距甚远。

我已经不能调节自己精神的重量了吗?或者说,我已经开始丧失悲伤的能力?我尝试着让自己想想女人,想想那些最能唤醒一个男人痛苦经验的记忆。我当然有过自己的女人,我在一百四十五斤的公子哥儿时期,有过不止一个女朋友,如今靠写古代爱情赚到了钱,自然也不缺乏伴侣,但此刻我将她们一一检索,她们所有的欢笑与泪水,激情与消沉,她们的身体与灵魂所带给我的一切冲击,竟然全都止步于一个具体的数据———百二十斤。这是最保守的估计,尽管我不可能给她们一一称重,但我可以断定,她们绝对不会超越这个额度。一百二十斤,大约是个什么概念呢?我环顾四周,寻找可以比附的物件,目力所及，那大约是四台电视的重量？ 一定不会比真皮沙发重，也不会重过实木茶几……

就这样，一个胖女孩走进了我的记忆。 我望着她，仿佛反观着自己。 这么多年过去，我几乎已经遗忘了玉林街。 不久前我听到一个歌手在歌里唱出"走到玉林路的尽头，坐在小酒馆的门口"这样的句子，也只是略感恍惚而已，就像他吟唱着的，并不是成都，是一个叫做爪哇国的地方。 但是此刻，我清晰地听到有个声音对我说：

"玉林分玉林东路、玉林西路、玉林南路、玉林北路。"

这些具体的路标如同大地的经纬，为我迅速地构建出了一个真实的世界。

迄今为止，我没跟谁说过我曾在十七岁时干过一个下午的快递员。 这不太像是我的风格。 至少，在我一百四十五斤左右的时候，我算得上是一个喜欢夸夸其谈的家伙，我会将自己乏善可陈的成长史夸大其词地渲染给人听，以此佐证，眼前这个公子哥儿的青春曾经多么地富有戏剧性与叛逆精神，尽管他一度是一个失败的胖子，但这个失败的胖子忧郁虚无，同时又敢作敢当，像是贾宝玉灵魂与鲁智深肉身的合体。 那么，十七岁那个四月午后的经历，理应是一个极好的噱头，堪可拍成一部文艺片，可我为何却不曾对人提及？我不知道，在这件事儿上是什么遏制了我天性中的轻浮，让我下意识地拒绝将其亮出来跟人卖弄。

那个胖女孩被我从记忆里叫醒，她在玉林街上向我迎面走来。我们遇到的时候，她应当也有一百九十斤左右的体重，对一个女孩而言，这无疑是一个非常惊人的指标，我不免会去想象她在这些年来都将遭遇些什么：一个个跟她比起来只能显得轻如鸿毛的男孩在她面前溃败，所有好的或者坏的运气一旦撞向她都会被她弹开。无论如何，对于这个世界而言，她都太庞大了，真是不幸，上帝在这个配额上赋予了她更大的艰难。如今她有自己的男人了吗？恐怕没有，不知为何，一想到这个问题，我就将自己与她无缝对接在了一起，似乎，在这个世上，"她的男人"断乎只能是我。这个舍我其谁的念头，说没道理也没道理，说有道理也有道理，就像在一些特定的时空，天经地义，核桃树只能够般配着金银花。

核桃树下金银花，此刻，我非常确凿地看到，她就置身在某个这样的背景里。我感到我的心微微地开始痛苦。

我要回趟成都，我知道我意已决。然后我意识到，自从离开我竟从未回去过。爸妈近年倒是常来常往，毕竟成都有他们的亲戚、老同事、老朋友，何况如今我也算让他们重新挺起了腰杆。为何我却从不曾想到要回去呢？不知道，我也不想知道这里面的缘由，而且，我更愿意倾向于其实压根没什么缘由。歌手在歌里唱道"成都，带不走的只有你，和我在成都的街头走一走"，我在成都没什么是可带走的。但这个认识现在被打破了，我想起，千真万确，是有那么一个人，曾经和我在成都的街头走过那么一走的。于是，我觉得自己与那座城市重新被某种微弱却又强韧的线索牵系在了一起。

是的，我得回去走一走，这念头渐渐变得强烈，最后，变得就像在那个四月的午后，我面对一辆电动三轮车时的心情一样——我得骑着它走一遭。这念头不由分说，就是一只沙袋吊在你眼前于是你便只能攥紧了拳头迎上去的状况。

第二天一早，我乘上了飞往成都的班机。

初秋的成都依然很热，当然变得让我几乎无法与离开时的记忆对应起来。但我并不觉得陌生，就像我已经不记得对于它的熟悉。飞机没落地前，我产生过奇思异想：我是不是可以找辆电动三轮车骑到玉林街去呢？好在这念头只是一闪而过，如今我实在没有了将生活戏剧化的兴头。我叫了辆车，先去了华西医院。那家烤兔店没了。这没什么好奇怪的，它要是还在，可能才算奇怪。我信步到了锦江河边，在耍都吃了几把串串。吃完我意识到，这是自从我们关了串串店之后，我第一次重新把竹签捏在手里。我留意感受了一下自己的心情，让我欣慰的是，很好，我的确非常之平静。我的内心没什么波澜。然而有些重大的缝隙已经被时光抹平。

玉林街当然也不是当年的玉林街了。至少，排污沟看不到了，它被齐整的石板覆盖掉，街道俨然有了花园的意思。我从路边墙壁上的宣传栏得知，现在，我所在的地方叫做芳草翠园，它是一个模范街区。但当年的楼群还在，并且，全是楼，全是楼啊。打麻将的妇女、坐在板凳上嘬荷叶菊花的闲汉、当街开张的剃头匠，他们都还在。

走向玉林十巷七号，远远地，我一度真的确信，她也还在，穿着老头衫，像是蹲着一样地坐在一张板凳上，等着一个在她眼里貌似送煤气罐的家伙到来。

然而那家杂货店不在了，门脸儿被墙壁砌住，依然保留着曾经是个门脸儿的轮廓而已。

我感到了热，后背的汗水已经濡湿了T恤。一桌打麻将的妇女围坐在墙根，我走过去席地坐下看她们鏖战。能被我看到牌面的那个妇女警惕地回头看我一下，可能她是被我的身量吓到了吧，不由自主把身子向牌桌倾斜了一下。一个庞然大物出现在身后，谁都是会感到不适的。但我马上意识到，不是这么回事，现在的我只有一百七十三斤，算不得渺小，可也够不上庞大。是什么令这娘们紧张？那不过是因为她被人看清了自己的牌面而已，就仿佛，暴露了她内心深处的幺鸡与白板。

她不时回头看我一眼。我只能抱歉地对她笑笑。几把过后，她输了钱，不免要迁怒于我。

"讨嫌喽。"

她侧着脸用眼睛的余光扫视我，心里阴影的面积跟我的体积一样大。

我觉得是该进入主题了。

"大姐，跟你打听个事儿。"我尽量让自己的口气显得谦恭。

"啥事嘛？"

一旦交流起来，她好像反而轻松了。

"这儿有个胖女娃,你认得不?"

"胖女娃?"她扭脸从头到脚看我一遍,回头继续码牌,"有多胖嗦?"

"嗯,差不多比我能胖上一圈。"

我思索了一下才说,因为我差点儿说出"和我一样胖"。

"比你还胖一圈?"她不能不又回头看我了。

"是,比我还胖一圈。"我直直腰,以便给她提供一个准确的参照。

"不认得。"她说。

我认为她不是在敷衍我,"比我还胖一圈的女娃"这个条件,耀眼得就像地上掉着的一百块钱一样不容人敷衍。

我并不甘心,继续给她提供线索:"年龄嘛,和我差不多。"

她又回头看我,噗嗤笑了,说:"和你年龄差不多?那还是啥子女娃嘛,胖婆娘嘛。"

我竟有些害羞,老实地点点头说:"对头,她十几年前住在这儿,那时候,这儿有家杂货店。"

"不就是那家乡下人的胖女娃嘛!"对面的妇女开口了,她的年龄明显是这堆人中最老的。

没错，就是她。我知道对上号了。当年，女孩对我说她们家的地里种着核桃树和金银花，只是当时我并没意识到，那只能是一种乡间的生活。

"走咯。"

"想起来咯，那家人去汶川咯。"

"去汶川咯？"

"可不是嘛，说是大地震全埋在楼板下头咯。"

"哎哟哎哟。"

妇女们七嘴八舌地说开了。

我站起来，发现她们全闭了嘴，齐刷刷地抬头看我。我身前的那个妇女手里举着一张红中，像是正在盘算要不要当成防身的武器。

我说："你们耍我嗦？"

"耍你做啥？"对面的老妇女接话道，"我跟她家邻居，她家是租房住下做点小生意的，还有老乡也在附近做买卖……"

我向前两步，把整个身子俯下来，两只手撑在牌桌上。有那么一个瞬间，我的心是静止的，因为时间静止了。我应该是想了一想，最后还是决定把这张牌桌掀翻算了，好像掀翻了牌桌,人生便可以重新开局了。 但我并没有马上行动。

"她活着。"我试图和她们商量。

"死咯。"她们跟我对着干。

"她活着。"

"就是死了嘛。"

妇女们就是这般惊人的倔强。

"她家地里的金银花可以摘三十年,你说,现在才过去多少年?"我继续说。

我觉得我是说出了一个完全无法被推翻的事实,这事实,经得起上帝的检阅。 但是说完之后,我就把那张牌桌掀翻了。

妇女们在我身后尖叫。 我一边回头走,一边用手揩眼泪。 我等着有人在我身后袭击我,用巴掌,或者干脆用红中也罢棒子也罢的什么把我打翻在地。 那样的话,我就会在眼冒金星中看到一片无垠的金银花在风中摇曳。 胖女孩将我遗弃在玉林街上,不就是走向了那片田野吗。 她足足有一百九十斤以上,什么样的楼板都压不垮她,我们并肩走在玉林街,路面完全被我们堵塞,我们因之有了一种满盈的豪情,我们最大程度地充斥了虚无的时光,拥有了结结实实的肉身者的尊严,我们被整个世界礼遇，连风都得绕着我们走。

是她令我在那个下午与世界达成了片刻的和解，我没法不去这么想。

回到酒店，我习惯性地打开随身带着的笔记本电脑，准备按部就班地更新自己的作品。自从开始在网络上码字，我就没有一天中断过，这已经是我获得成功的首要条件。可是我知道，今天这活儿我干不下去了。有一个人，因为我今天的归来而死去，我还他妈的能去虚构那么多压根就没在这世上活过的家伙吗？如果今天我没有回到玉林街，那么她就永远在核桃树下的金银花丛中劳作与收获，永远活在我十七岁的一次冒险中，健壮，雄阔，矜重而有威仪。

十七岁的那个下午，我载着一件地址不详的包裹，风驰电掣地穿行在玉林街。它没有收件人的名字，自然也就没有收件人的电话。它就是上帝因材施教给我的一个三无考验，想要我见识的真理不外乎是：既然你跨上了一辆送快递的电动三轮车，你就得把车上的货给送了。上帝知道我有多潦草，对这个世界有多不耐烦，于是差遣了一个胖天使蹲在路边，让她陪我走上一程，软化我，给我这个失败的胖子加添肉身的尊严，她给我指认了此生的第一棵树木，启发我对原野展开想象。 事实证明，这一切多么有效。 当她完成了使命离我而去，我始终身在一种对于非凡风景的憧憬中，不达目的誓不罢休地穿行在玉林街上。 我不甘心，我在拼命地找，拼命地找。 要"找到点儿什么"的这个念头本身，充斥在我全部的一百九十三斤的灵肉里。

而这个"找到点儿什么"，不过就是一个肥胖少年应当早一点比别人学会的对于"规定性事态"的服从。 你可以说那是提前学会认尿，但你也得承认，那里面，于劳作中蕴含着责任与义务自重的美德。

我找到了，它在玉林六巷一号。 我完全相信，今天你若是按图索骥，依然会在此看到民航成都飞机工程公司职工宿舍——今天看一定显得寒酸，因为当年此地就不是什么堂皇的所在，然而最初入住的扎根者，肯定也壮志凌云，对未来抱有无端的信心与可被理解的妄想。

那天黄昏，我将上帝的三无包裹准确地投放在了它应当抵达的终点。 门房签收了它，无师自通，我还郑重地让门房在包裹的底单上签下了名字。

那是迄今为止我所做过的唯一一件有头有脸的事儿。

我不止一次想过，那件包裹总归是会有一个收件人的，或者那就是上帝本人，当他用裁纸刀割开胶带，看到满满一箱的核桃与金银花时，会不会想到，有一个少年快递员风驰电掣地开着一辆电动三轮车，向着他永远的翻版与镜像，向着一个胖天使，一头冲进漫天遍野的壮观的花海里。

起夜

双雪涛

授奖词

《起夜》是一篇暧昧而又迷离的小说,交织着各色人等的不同隐疾。小说的叙事几乎无懈可击。从开头到结尾,力量和书写行进的控制,人物设置和事件走向,都对读者的情感、智力造成强烈挑战:它不到达真相,而是引起迷乱,从而触动关于存在的深思。

大概晚上九点钟左右，岳小旗给我打了一个电话，我当时正在四得公园踢球，没听见，等我换好衣服给他回过去，他又不接了。到家洗了一个澡，洗完之后马革儿已经做好了饭，因为最近我和马革儿的收入状况都不好，就让阿姨回家了。我的剧组死了一个替身演员，军心涣散，已经停了，而她最近在写长篇小说，写得很艰苦，情绪也不稳定，像今天她给我做了饭，可能是因为出现了某个比较顺畅的段落，而前几天，她拒绝吃晚饭，说晚饭会使大脑充血，无法工作，也不允许我吃，因为我吃了晚饭就会露出一种志得意满的神情，让她讨厌，饥饿会使我看起来谦逊。在她刚开始准备这个长篇小说的时候，我劝过她，我说你都已经怀孕了就不要写了，你已经在孕育，组织上不允许你挑这么重的担子。她说这不是她能决定的，她听到一个声音让她把这个东西写出来，孕育是同时进行的。 前两个月她一直在街上跑，跟着一个私家侦探搜集材料，那位侦探姓黄，过去在律所工作，后来因为得罪了上头的人，把他关了几个月，刚出来没几天，又说他嫖娼，又给关了两周，出来之后就从律所辞职，自己单干了。 我问她，他到底嫖娼没？她说，她也说不好，那个女人本来是找他帮着打官司的。 我说，什么官司？ 她说，一个客人行房的时候，在避孕套上涂了化学药品，致使她永远不能生孩子了。 我说，还有这种事儿？她说，那人不是干了这一起，在上海、武汉都做过类似的事儿，是个退休的大学教师，研究生化的。 我说，那这女人是怎么找到他的呢？ 她说，他过去嫖过她一次。 我说，懂了，你为啥要写这个？ 她说，你是个制片人，不是作家，不要问你专业之外的事情。 记住我们家的座右铭：你是社会人儿，我是艺术家。我说，没错儿，但是孩子是我的，作为父亲，我的工作早在和你认识的那天晚上就开始了。 她说，我天天在家坐着，就想喝酒，喝酒毛病大不？ 这是她的撒手锏，马革儿向来有喝酒的毛病，尤其在不写作的时候，也就是她说的内心的空窗期。 一天一瓶红酒，如果有饭局，还不止这个数儿。 她的酒量很大，喝不喝酒其实不大看得出来，但是在一起时间久了，只要她喝了一杯我就能感觉到。具体哪里有了变化我也说不太清楚，如果说每个人作为一个个体都与这个世界有着某种关联，那喝完了酒的马革儿和这个世界的关联方式会略有变化，就像是一个通过蓝牙和音箱相连的手机，又放得远了一点。我说，那你得提防点这个姓黄的，不干不净的，捞的都是偏门。他这种人电话都可能被监听，别把你捎进去，擦边球可以打，你要是老想扣杀，人家准得收拾你。她说，放心，一定是个好东西，孩子生出来，书也差不多写完了，我就专心当两年老妈子。我说，那我也得舍得用你，先吃饭吧。

大概晚上十一点半，岳小旗的电话又打进来了。这回我接着了，我说，今天踢球你怎么没来？正好是奇数。他说，哥，我在你楼下呢。我说，你在我楼下干吗？他说，我想跟你聊聊天，你有时间没？听声音是喝了，但是情绪还可以，没喝到特别绝望的程度。马革儿睡了，最近我们分床睡，她的睡眠说来就来，说醒就醒，有时候从下午睡到半夜，突然起来从床头拿起笔，环顾四周，又把笔放下接着睡。我睡觉不算轻，但是一旦中途醒了，就不容易睡着，第二天准报废一天，所以我就睡在原来阿姨的房间。孩子的小床已经买好,就在大床的旁边,裸露着肋骨一样的床板,散发着来自南方的油漆味。剧组死的人是一个十九岁的男孩,专业潜水员,拍潜水的戏溺死了,准确地说,是在水下犯了心脏病,猝死了。我从房间里出来,把马革儿的房门轻轻推开,往里头瞧,她脸冲里夹着肩膀睡着,像个葫芦。我说,马革儿?她没反应。我把门带上,穿上衣服下楼。十二月末了,晚上挺冷,但是从闷热的房间里出来,被晚风一吹,还挺舒服。踢了球,感觉身体特轻,特别年轻。岳小旗正在小区门口抽烟,系着一条蓝色的围脖,背对着我。他的形象挺不错,标准的北方男人,有个儿,方脸长腮,上身长,腿短,因为常年踢球,往那一站,两条腿哈哈着,像是两根床底下的弹簧。他原来是运动员,练中长跑,进过国家集训队,后来不知怎么混到演艺圈,当了五六年演员,开始是龙套,后来是大龙套,再后来在电视剧里能演个男三,就是女主角的二弟那种,动不动就从屋里冲出来说,姐,我不同意!近几年戏不怎么演了,做起了执行导演,干了两个低成本的电影,都没赔没赚,影展倒走了一圈,算是可以。大家有时候问他,小旗,你演戏演得好好的,已经从女主角的表弟演成亲弟了,干什么电影啊,猴儿累的,还不挣钱。 他就说,嗨,干电影挺好,别小看弟弟,弟弟一认真,也有不少情怀,再怎么着也是看《地雷战》长大的。岳小旗是东北人,但是因为在北京待的年头长,又演戏,学了一口北京话,见谁都自称弟弟。 要不就是长叹一声,一晃脑袋,唉,谁叫我喜欢您呢?

我走到他跟前,他递给我一支烟说,马革儿怎么样? 闹吗?我说,我听话就不闹,你有事儿说吧。 你怎么知道我住哪? 他说,一两句话说不清楚,咱们找地方坐一会。 我说,站这儿说吧,一会她醒了找不见我,准得害怕。 小旗把头抬起来,看着我说,哥,生死攸关的事儿,占你两三个小时,弟弟我一辈子记着你。 他眯着眼睛,有点淌鼻涕,手里攥着烟,就让它着着,衔着长长的烟灰。 我仔细一看,他的羽绒服里穿着睡衣,脚上没穿袜子,露着两个脚脖子。 我说,去哪? 他说,四得公园吧,安静。 我说,我刚从那回来。 他说,我知道,所以咱们去那,都熟。 半路他去超市买了一瓶混合型的威士忌,要了两个纸杯。 我从来没在深夜来过四得公园,这个点竟也不是一个人没有,有一个看不清岁数的人站在球场中央颠球,戴着帽子和口罩。 颠得不好,一会一掉,但是很执着,又用脚钩起来颠,颠不好的原因主要是身上不协调，手向外翻着，球都不转。球一旦不转，就像石头一样不好颠了。我隔着网子看了他一会，很想跟他说，颠成这样是不值得买球鞋的，还不如在公园里跑两圈。看着那肥鸭一样努力的双手，我当然不会说。我和岳小旗并不熟，就是在一个所谓电影人的球队踢球，见过几次，他踢得不错，人又客气，踢完球随众一起喝过几次酒，私下里从没单独见过。还有一个交集是都是东北人，他家在长春，我是沈阳人，喝酒时有时候盘道盘道东北的事儿，比别人亲一点。听说您混过黑道？他问。我说，不算，都是小时候的事儿了，跟他们拍过币子机。他说，沈阳我去过，好，没灾没难。我爷围城时饿死了，嗨。

在长椅上坐下我说，说吧，你怎么知道我住哪？这条长椅我经过很多次，从来没有坐上过，上面大多时候坐着穿运动鞋的老人，自己带的屁股垫儿。面前是一眼水泡子，名曰四得湖，背后是草丛。他说，问的。我说，嗯，你怎么知道我媳妇叫马革儿？他说，顺便问的，你媳妇怀孕的事儿是我从你朋友圈看的，你对她真好，轻拿轻放，惯得厉害。我说，说远了。他说，我问个问题哈。我说，你问。他说，我们不怎么熟，我知道，我脸大，但是你为啥跟我来呢？ 我说，你不说是生死攸关的事儿吗？ 他说，生死攸关也是我的事儿，不是你的事儿，满大街的人可能都有生死攸关的事儿，地铁里抱着孩子唱歌的，甭管真假都看着生死攸关。 我说，哥们，咱们熟还是不熟没关系，相互有个起码的尊重，我对你印象不错，也是半个老乡，所以我就从楼上下来了，你要是喝多了闲着没事，你可以上大街找警察玩去，我就回去陪马革儿了。 他递给我纸杯，说，我也想过找警察，但是我想先问问你的意见。 你要多少？ 我说，你给我倒一杯底儿吧。 他说，好，你先暖一暖——是不是太甜了？我说，你说事儿吧。 他说，再给你倒点，喝不喝没关系，我就见不得别人的杯子空。 这回他给我倒了半杯，给自己倒了多半杯，然后一口喝了。 他说，我吧，小时候练田径，没念过多少书，但是我从小啊，就有一本领，就是谁靠得住，谁靠不住，一眼就能看出来。 哥，我觉得你靠得住，我第一个就想到了你。别看我在北京混了十几年，今天晚上除了你之外我一个人都想不起，我想起了我小时候田径队的一个队友，比我矮一点，磕巴，练得比我好，每次打架都挡在我前面。 后来教练让他推杠子，把腿上的大筋推折了，就再也没见过这个人。 你和他长得可像了，我第一次见到你就想跟你说，你们俩说话都像，但是你不可能是他对吧。 我说，对，我不是他，我是文化人。 他说，是了，你不是他，你们俩讲话时的表情很像，但是讲出来的话完全不一样，你比他能装。 哥，我刚才在家里跟我媳妇打了一架，我不小心把她打死了。 我站起来，说，你别开玩笑。 他说，我有两个孩子，一个男孩儿，一个女孩儿，女孩儿六岁，男孩四岁，现在他们都睡着，睡在一个两层的木头床上，男孩睡下面，女孩睡上面。 说着他从怀里掏出一把青铜匕首，古色古香，柄有两寸，刃长一尺，没有血迹。 他说，这是有一年我在西安拍戏，朋友送我的，真东西。 别害怕，我不是用这头攮死的她，我是用这柄把她敲死的。 他用手指了指，把柄在手掌心一打，就这么，啪，十环。 我抬头看了看四周，不是全黑，景物都在半明半暗之间，因为远处的楼有光，一个个硕大的招牌，由楼肩扛着，向更远处延伸过去。 我把手放在他肩膀上，说，小旗。 他说，哎。 我说，谢谢你信得过我，你先把这东西揣回去。 我陪你去派出所，夫妻之间打打闹闹，手重了，咱们跟警察说一下，过失，我帮你找找人儿，没什么大事儿。 他抬头看了看我，站起来，一挥手，把匕首扔到了草丛里，说，我不去，我要是去派出所，自己开车就去了，来找你，就是没这个打算。哥，我不是不想偿命，是有一肚子话，跟警察说不上。

这时我的手机响了一声，我划开看，是马革儿的微信：

你在哪呢？

岳小旗又把纸杯倒了半满，说，你先回，我不急。

我回说：

不远，一个朋友来了。

发出去后我撤回，又重发说：

不远，一个老同学来了，急事儿，你先睡，宝贝。

马革儿说：

什么时候的同学？

我说：

初中同学，多年未见，非得找我说两句，男的。

马革儿说：

好，你聊吧，我不困了，我写点东西。 你那张CD在哪？就是那张你帮我把村上提到的音乐都刻在一起那张？

我说：

在小屋右边那个床头柜的抽屉里，音响的碟槽有点不太好使,不行你就用手把它拽出来。

她说:

好,我肚子里的朋友很安静,你不用担心,要是喝酒的话你就把单埋了,别让人家花钱。

我说:

先看看花多少钱,写吧。

夜晚也有霾,我看不见,能感受到。它们在我的肺里,使我的肺泡感觉到寒冷,它们依着于我的眼白,好像头皮屑。我在回想我是怎么下楼,看着他买酒,来到这里坐下,喝了一点,我为什么要这么做呢?我也在回想岳小旗到底是谁?不是我的兄弟姐妹,也不是我的至爱亲朋,他曾经给我传过几脚不错的直塞球,有的我踢进了,有的我踢到了球门外面,我向他竖起大拇指。他是一个笑嘻嘻的中场球员,一个视野不错的左撇子。

我转过头对他说,尸体现在在哪?他说,嫂子着急了?我说,你不用管这些,尸体在哪?他说,在我的后备箱里,车子就在公园门口,刚才我们经过了。我说,所以,是过失吗?他说,打她是故意的,但是打死她是过失。我说,你过去想过打死她吗?他说,想过。我看了看他没说话,他说,但是没想这次打死她。 我说,你外面有人? 他说,没有,我们结婚七年,我没睡过别人,一次都没有。 我说,你身体有残疾? 他说,这个我不吹牛逼,肯定比一般人好使。 我说,遗产? 他说,没有,家里的钱都是我挣的,她父母都是下岗工人。 我说,那你为什么要杀她? 他说,是过失。 我说,我的意思是你为什么想过要杀她? 他说,我们是在长春桂林路长大的,你知道桂林路吗? 我说,不知道。 他说,挺乱的一个地儿,这么一算,我们都认识二十五年了,真吓人。 那时候大家都在路北的一个旱冰场溜冰,我就是在那认识的她。 她溜得特好,玩长龙,她都在第一个,我就往前挤,挤到她后面抱着她的腰。 有一次她回头跟我说,怎么老是你啊? 我说,我叫岳小旗,十一中的,也是田径队的,我们礼拜一发了牛肉罐头,你要不? 她说,我不认识你,凭什么吃你的罐头? 我说,这不就认识了吗? 你叫什么? 她说,我叫杨不悔。 我说,杨不悔? 她说,杨不悔你都不知道是谁? 我说,不是你吗? 她乐了说,你家有电视吗? 我说,有,但是没有有线。 她说,你也不看书? 我说,我想看,一看就困,我挺爱看的。 她说,杨是姓杨的杨,不是就不的不,悔是后悔的悔。 扶稳了,现在来一个大甩尾。 她使劲往冰场的边缘滑，然后一个急转弯，跟在后面不太会滑的，好几个直接飞出去，就好像一条鞭子的梢，甩在墙上了。

岳小旗一边说着，一边站起来做着溜冰的动作，在黑暗中他双手扶着杨不悔的腰，歪着脑袋跟她说话，急转弯时他脚下踉跄了，但是没撒手，挺过了这个弯，后面就轻松了。

我杀她是因为，她生了病，岳小旗从冰场回到椅子上说。我说，什么病？他说，起夜。我说，怎么讲？他说，开始的时候，是半夜起来上厕所，上很长时间。早晨我起来一看，她已经坐在马桶上睡着了，手里拿着口红。后来是半夜起来贴照片，把我们从认识到现在的照片都贴在墙上，然后就睡在地板上，第二天一问，全都不记得。我说，真不记得？他说，不记得，我了解她，她不会撒谎，再后来就是出门去火车站，也不知道要去哪，就在火车站里走来走去，见人就问，看见左使了吗？我说，左使？他说，是，左使。我说，恕我冒昧，她出门穿衣服吗？他说，穿得很整齐，但是有时候会穿错，有一次她戴着女儿的围巾，徒步走了五公里。非得要爬到安检的机器里去不可。你把这点喝了，你看，都渗进杯子里头去了。

手机又响，我站起来挪开一步，划开看。

马革儿:

黄侦探发来传真,他又在新疆、山东、云南、四川找到十六个受害者。笔录完备,有的是网友,有的是卖淫女,有的是老同学,其中有五人丧失了生育能力,有人高烧之后左耳失聪。作案者今晚刚刚开口说话,晚些时候黄侦探会通过内应把口供的大意发给我。我这个小说的核心部分就有了。我想喝一杯。

我看了一眼手机的右上角,现在是一点十分。

我说:

一杯红酒。

她说:

成交,你们在哪里?

我说:

一个 bar,很安静,快打烊了。

她说:

你们聊什么?

我说:

没什么共同语言,都是过去的事儿。有一次班级联赛,他进了一个乌龙球,哭了一下午,类似于这种事儿。

她发了一个拥抱的表情，和尚一样的小人，两颗睾丸一样的绿胳膊。

岳小旗到草丛里尿了一泡尿，我拿起酒杯给自己倒了小半杯，一口喝下，又倒了半杯拿在手里。我在脑子盘算着一件事情，如果这一瓶喝完了，附近还有哪里能买到酒。

他把自己抖擞了一下，走回来，用手指了一下说，那边有人踢球。我说，是，半身不遂。他说，也许颠颠球会好一点。经我回忆，我媳妇这个病因还是跟我有关。我说，为什么跟你有关？他说，有一次睡觉，我在她身边打手枪被她发现了。我想了一想说，不懂。他说，我也不是故意的，闲着没事儿，有时候一晚上打三次，实在是闲的。我说，自力更生不求人，饿死也不吃美国粮，是这意思吗？他说，哥，我给我太太包了一层塑料布。我说，为啥？他说，她很爱干净，冰箱里的东西她都用保鲜膜包上。我带她去看过医生，医生说她什么毛病也没有，比我还健康。她知道自己出了毛病，想方设法不让自己睡觉，但是人总要睡觉，我也得睡觉，我有两个孩子得养，白天得工作。我说，你想没想过把她锁起来？我是说睡觉的时候。他点头说，当然，结果她弄瞎了自己的一只眼睛。弄第二只的时候被我发现了。后来我想明白了,我也不开工了,晚上陪她溜达,有一天她走累了,可能也就停下来了,过去没转过这个弯,损失一只眼珠子。

一只流浪猫大摇大摆从我们面前走过,姿态优美,顾盼生情。丫找伴儿呢,岳小旗说,他把烟头一弹,火花飞溅,猫灵巧地躲过,颠着小碎步沿着湖边跑了。那个颠球的人在休息,蹲坐在地上喝水,一条腿平伸出去,用胳膊压着。

她最远只到过回龙观,岳小旗说,她夜里出门的时候谁也不认识,也不认识我,就是唱着歌一蹦一跳往前走。我说,什么歌?他说,儿歌。我觉得她也许是想家了,带她回过一次长春。她妈去世了,她爸和一个女的搭伙,看见她少了一只眼睛吓得不行。两人没话,她很麻木,没什么触景生情,但是她一直偷偷给她爸钱花,我知道,假装不知道。我给她爸说,你给她唱一支儿歌,她爸觉得我有病,那次我把她爸打了一顿,回来了。他伸手把我的酒倒给自己一点说,夜里的时候她看着小,总是笑,这几年她不工作,在家带孩子,把两个孩子都带得很好,我儿子能背一百多首唐诗,你知道吧。我不置可否。她比我认识她时胖了三十斤,屁股那么老大,有几次她洗完澡出来,我看着她穿着三角裤衩,像一口锅一样。有一次我喝多了,她晚上出去的时候把我女儿背上了,我找到她们的时候,她们俩正在马路中间藏猫猫。我把女儿叫到身边抱住,她说,她是你们家的?能再陪我玩一会吗?我们约定不能再藏在车底下。那一天我下定了决心,不能让她活了。我说,你也许可以把她送到精神病院或者疗养院,现在说这个都没用了。他说,让她再弄瞎自己的一只眼睛,或者咬断自己的舌头,或者晚上被几个精神病强奸?或者白天清醒的时候因为想孩子而发疯?哥,弟弟我没什么能耐,可能是我让她憋屈了,但是我能送她一程。他站起来,把手里的空杯子扔到半空,抬脚一踢,把杯子踢到了球场的铁丝网上。关于这件事,我女儿郑重地找我谈过一次。他做了几个高抬腿。她犯病时她五岁半,现在她七岁了。她跟我说,她想让妈妈消失。我说,你女儿?他说,是,她说她确认了妈妈已经不是原来的妈妈了,那就让她消失,换一个妈妈,反正陌生的妈妈都是一样的。我说,你问了你儿子的意见吗?他说,他愿意一直照顾她,把新的玩具给她玩,给她走烂的双脚贴上创可贴,但是二比一,他是少数派。

我看了一眼手机,发现马革儿在二十分钟前给我发了两条微信：

我做了几个假设，一是这个男人得了绝症，单身，妻子弃他而去，也许是睡了他的同事，他便觉得天下的女人都是娼妓。这种想法有点好莱坞，但是有时候现实生活会模仿艺术。另一个可能是，他极爱他的妻子，但是他妻子死了，他们两人没有子嗣，他便觉得他妻子这样好的人落得如此下场，其他女人更不配有孩子。不知你意下为何？

一定不只一杯红酒。每当马革儿喝多之后，她的脸颊会居中泛起一片虹，如同《西游记》里兔子精围脸的纱巾，跟我说话也会客气起来，变得就事论事，似乎天下的事情都没有她现在要讲的道理重要。

第二条微信在第一条的五分钟后发来：

黄侦探得到了第一份口供，此人结婚多年，有两个孩子，一个在美国，一个在上海，太太是一位放射科大夫，在世。无劣迹，两人经常晚间散步，周末去郊外骑行。他做饭，而且做得很好，杭帮菜。提审时他细讲了自己几道拿手菜的做法，之后再不开口。我决定以此作为小说的开头，他应该脱发，这是我的想象，需向黄侦探求证。小说宜做多线叙事，全知视角，铺向案犯和受害人，在中部汇集，下半部进入侦破和受审。若你有想法，可抓紧向我建议，一旦动笔就进入创作者的独裁。你面前如果还有一杯酒，我建议你不要喝下，每次都是恰好多一杯，克制是人间美德，对艺术和人生都是如此。

酒是一滴不剩了，目前的情况，我提出再换个地方喝酒似乎不妥，酒精在我身上缓慢地起了作用，我感觉舒适和疲乏，觉得一切都荒谬无稽，一切也都可理解。酒精在岳小旗身上起的作用有限，他还像刚来的时候一样，带着微醺的和善和充沛的精力。我说，弟弟，现在怎么办？你找我来到底要干吗？他说，我就找一个信得过的人说说，然后和我一起把她埋了，万一有一天我死了，还有一个人知道她埋在哪。我说，你准备埋在哪？他说，我想听听你的意见。你觉得就埋在这个公园里行吗？就顺到这个湖里？我说，我以后还得来踢球呢，别埋这儿了。他说，那就远一点，埋在顺义或者通县，我就怕不一定什么时候要盖楼，再把她挖出来。我说，我有个疑问，人没了，总有人要报警，她的朋友家人，你怎么解释？他说，她的病派出所是知道的，我就说她走失了。我们小区的业主和物业正在对峙，要把物业炒掉，这段时间监控全瘫痪了。我说，所以你选择这段时间动手。 他说，我就是试了一试，没想到一击就中了，就好像当年要孩子一样。 我说，你是一辆什么车？ 他说，斯巴鲁。 我说，好，我去撒泡尿，回来我们一起找地方。 你知道吗，你找我算是找对了人，东北人，兄弟一句话，十年生死两茫茫，懂吗？ 他说，哥，你慢点。 我说，到时你别上手，留下指纹，让我来，谁能想到是我呢？ 你丫还真是聪明人，人群中多看了我一眼，就把我认出来了。 实话说，这么多年我跟我原来那帮兄弟远了，我一直在等着这么一个机会，为谁出点力，你是真体谅我，真了解我，别动，容我撒泡尿。 说完我走到草丛里面撒尿，气温大概降到了二十四小时里最低的时候，尿液零零散散撒到杂草上，好像短暂融化的雪水。 二十年前我跟一帮人在街上胡混，经常闹到这么晚，有时候路上走过一女人，我们就过去护送她回家，边走边聊，送到胡同口，然后再回来坐在路肩上聊天。 我不爱回家，我爸老跟我妈打架，动不动就把我妈打到医院去，我妈也有错，但是那又如何呢？ 我试过几次，打不过他，连他的脑袋都够不着，等我长大了，想废他的时候，他却自己病死了，君子报仇十年不晚，都是骗那些厌蛋的。 尿完之后我猫着腰在草丛里找了一会，在一棵小树后面找到了那把匕首，我摘下围巾把刀刃包上，脱下鞋子用另一只手拿着，绕了个弯走出来。岳小旗背对着我，两只手肘放在膝盖上，好像在思索我刚才的话。我把刀柄对准他的后脑，脑子回想小时候给我妈捣蒜的姿势，伸手在自己的后脑摸了一摸，这时我的脑海里突然浮出我和马革儿结婚时的誓言，具体内容怎么也想不起来，只记得当时我们两人都哭了，哭得没完没了，司仪没有防备，以至于后面的程序都弄错了。我把匕首在手里掂了掂，然后一下打下去，啪的一声，岳小旗向前倒下。我把他翻过来，他还有呼吸，估计晕不了多长时间，我检查了一下他的后脑勺，骨头没碎，我把他抱上长椅，从他的衣兜里掏出车钥匙，我想了一想，把喝空的酒瓶放在了他手里。

那个人又开始颠球了，左脚右脚，球完全不听使唤，好像抹了油一样一次一次从他的脚上滑开去。我穿上鞋打开铁门走进球场，那人扭头看了我一眼，我这回看清了，是个十五六岁的少年，耳朵上戴着红色的耳机，脸皮嫩白，眉毛好像修过。球滚到我脚边，我把球挑起来，颠了两下，虽然喝了酒，但是平衡还没有完全失去，颠了二十几个，我踩住球，蹲下来，用匕首把球扎漏了。我把死去的皮球扔给他，打开铁门走了出去。

找车用了一点时间，岳小旗把车停得比我想象的远，在一条巷子里。我犹豫了一下，没有打开后备箱，直接坐进了驾驶室，这时马革儿又来一条微信：

黄侦探发来消息，案犯在审讯的间歇服毒自杀，用他藏在假牙里的毒药。没人知道他为什么那么干了。他到底做了多少起案子，也没人知道了。也许这个世界上有不知道几个女人已经丧失了生育能力，而自己并不知晓。他恨女人？他按照什么逻辑选择被害人？这些女人曾经犯过错？他的手头有一册上帝给他的账本，他以此追索？我的小说完蛋了，我的下体渗出血来，这不是比喻，是真的，我不怎么疼，你不用着急，只是一点鲜血而已，我觉得我的一条肋骨，正在化作一个生命，他无知无畏，要汇入浑浊的洪流里。敬一杯给他，等你回来。

我发动了汽车，向着家的方向驶去，油箱是满的，副驾驶有一个红色的儿童坐椅。斯巴鲁的油门有点软，我努力把它踩到最底。到了小区门口我把车停下，大概只用了三分钟。我从车上下来，围着车走了一圈，终于我鼓起勇气打开后备箱。如果里面是空的，我把马革儿送到医院，回头就去找岳小旗。一个女人穿着粉红色的睡衣躺在里面，周身围着透明的塑料，只有头颅露在外面。她双手交叉在胸前,脸冲上,头发散开,没有化妆的脸看上去好像冬天的草原一样平静,一只眼睛上戴着白色的眼罩。我长长地吸了一口气,像接生婆一样把她从后备箱里抱起,虽然她挺胖,但是重量比我想象的轻。要把她抱到哪里去呢?我忽然搞不清楚为什么要把她抱出来,她的身体还有温热,胳膊松弛地耷拉下来。我自言自语说,你要去哪呢?这时她突然猛吸一口气,一团污物从嘴里咯出来,鼻孔里淌出两行鲜血。她睁开那只完好的眼睛看着我,说,真好啊。我说,什么?她说,真好啊,这个冬天。你啊,她用手轻轻地刮了一下我的鼻梁,你就是永远不知道我为了走到这里来,用了多久,我不后悔啊。说完,她用尽了全身力气发出了雷鸣般的啼哭。

伶仃

蔡东

授奖词

《伶仃》以极端真切的方式写出了丈夫出走后妻子的"伶仃"况味：主人公的哀伤与痛楚并没有直白地呈现，也无法直白地呈现，有些生存之感没有人能给出答案，即使给出答案，接纳的过程也如刀尖上的行走，正是困惑在我，解惑亦在我。

黄昏的时候，卫巧蓉走进一片水杉林。通往树林深处的小路逐渐变细，青苔从树下蔓延到路边，她快步走过时，脚步带起了风，缕缕青色的烟从地面上升起，蜿蜒而上，越来越淡，越来越清瘦。她停下来，等烟散尽了才俯低身子凑近看。这些日子阳光好，苔藓干透了，粉末般松散地铺展着，细看起来如一层毛毛碎碎的绿雪，她小心喘着气，担心用力呼出一口气就会把它们吹扬起来。

刚出林子的一刹那，天空似乎亮了一下，像头顶响过一声短促清亮的口哨声。接着，她走上一条布满沙砾的小径，小径尽头就是马路了。街道、楼房、不远处的海岸，浸没在薄暮柔和的光线里，声响也似乎被夜晚悄悄吸附了，四周显得很寂静，是傍晚时分特有的暖金色的寂静。她身后，遥遥的地平线上的山丘只剩下含混的轮廓，挨着山体飘浮的云彩在暮色中显得格外白，她抬头看时，一朵云正翻过山头，翻到山的另一侧，消失不见了。

剧院伸向天空的几个尖角先露出来。很快，一个透明的多面体完整地出现在视线中。福海剧院到了。跟老家那座蚕茧形的剧院相比，她更喜欢福海剧院的外观，就像不同形状的巨大积木堆聚起来，一道道利落的几何线条，阴天的时候看起来平淡无奇，一有光线就活了，晴朗的天气里阳光穿过大块玻璃拼成的斜坡，透视出一个个宽敞开阔的空间。晚上灯一亮，如海边漂来一块熠熠闪光的宝石，每一个翻光面都粼粼地映着海水的波纹，从远处看过去，宝石像浮在水里，被晃荡着的水波抬起来，又放下去。走到剧院门口时她看看表，离开演还有半个小时，她照例绕到剧院后面，这里有一条木头栈道通往海滩。

海滩的西边是码头。三个月前她在渡口买到船票，上了船，找了个靠窗的座位坐下。初春的海风从窗户缝里挤进来，像一蓬细细的针扎向她脸上的皮肤，她从背包里取出围巾，把头和脸裹起来。一直等到渡船靠岸，围巾也没摘下，她蒙着脸，踏上这个初看起来有些荒寂的小岛。那天，海上刮风，天上也在刮风，云彩纷乱，单薄的云身子后面拖曳着一个长尾巴，尾巴的末端已是丝丝缕缕的，像蘸着白颜料的毛笔在蓝天上疾扫而过。

演出快开始了，她推开后门，找到座位坐下，顶上的灯光正好变暗，舞台的帷幕向两侧徐徐拉开。过了一会儿，眼睛适应了厅里的黑暗，她伸着头四处看，在前几排中央的位置找到了徐季。接着观察徐季身旁的人，左边的男人跟徐季差不多年龄，右边是个高中生模样的女孩，他们没有东瞧西望，都专心地看着舞台。有经验的观众已经准备好了，她也把头转回来，望向舞台。

剧院不定期地上演话剧、音乐剧和演奏会。第一次来剧院的时候，她选择的也是最后一排的座位，整场演出她都盯着徐季，徐季也像今天一样脊背挺直，端坐在朱红色的软包座位上，即使只看见他的后背，她也不难想象出他的神情，一种沉入另一个世界的完全的平静。而她不明白台上的人在唱什么，为何流眼泪，怎么又拥抱在一起，从头到尾她的脖子都拧向徐季座位的方向，目光在徐季和与徐季邻座的人身上扫来扫去。一直到演员谢幕，徐季也没跟邻座的人有任何交流，他似乎还在静静地回味,演员转身走向后台了他才站起来鼓掌。大多数观众还待在座位附近,她低着头推开后门,顺着螺旋的楼梯往下走。来到门口时她看到柱子上张贴的海报,有出剧的名字叫《吉屋出租》,海报上印着几位异国年轻人,相貌各异,表情都是生动和热烈的,眼睛睁得很大,满怀希望又带点天真地直视着海报外的世界,她站在海报正对面,他们就眼神热切地看着她,好像想对她说点什么。

此刻,她的视线离开徐季,转向正前方。舞台上空无一人,只有幽蓝色的灯光在说话,几秒钟后,乐声响起,冷冷的琴音,悠来荡去,她恍惚看见几竿枝叶稀疏的瘦竹,在空旷的庭院里摇动着,接着琴声变稠,如雨点密密层层地落下来,地上的雨水似越积越多,光一掠而过时照出一汪空明。琴声断绝的地方,更多的乐器走了进来,音量逐渐攀高,水流加快,太阳光轰泄而下,翻折的星空豁然打开,向着无限的虚空延伸,她呼吸急促起来,大水没过头顶,人快要窒息了,乐声终于冲至顶峰,渐次低回,末了只剩下几个零落的音符,像余烬中一闪即灭的火星,最终乐声全部隐去,突然降临的静谧中,一个绿色皮肤的女人出现在光束里。借着乍然一现的亮光,她忍不住把头转向徐季,光线勾画出他清晰的侧脸,脸上的表情跟她之前想象过的差不多。

全部演完总要两个钟头吧,她坐不住也看不进去,一群小猴子在胸口乱窜,她胳膊交叉在胸前也压不住它们。曾坚信不疑的事实,正变得越来越没有底气,虚弱得站立不稳。头脑中设想过无数遍的画面,即使每个细节都已被磨得发亮,也不会就此变成现实中真切的一幕。

再说,已经这样了,她是对是错又如何,不重要了。

舞台上几个人正围在一起说话,你一言我一语,声调很高,身披大氅的卷发女郎似乎说了一句幽默话,观众席上传来笑声,笑声夹杂着小猴子们奔跑杂沓的脚步声。耳边所有的声响,混合着她脑子里那个似乎永不停歇的声音,让她感觉身体随时会从内部爆开,碎片四处飞溅。她摇摇头,欠身离开座位。

巧蓉,下午出门吗?我跟老吴想去你那里坐一会儿。吴太太站在树荫里,冲卫巧蓉喊道。

卫巧蓉刚从菜市场回来,手里拎着一个塑料袋,袋子口露出白萝卜的绿缨子,萝卜下面隐隐能看出是一条鱼和几块姜。好呀,她答应着,来吧,来吧。说着把口罩摘下来,连房东都能一眼认出自己,还自欺欺人地戴什么口罩。

你们逛,我去买包洗衣粉。她拐上一条小路,往小区西门方向走,那里有一家便民超市,一般的日用品都能买到。超市到了,她没进去,径直出了西门,又往前走了一里路,来到岛上的养老院。

上午阳光不毒的时候,护工会把椅子搬到平房的门口,让老人们出来晒太阳。她来这里是为了看看其中的一位老人,通常这老人坐在一排平房中间的位置,她跟别人不太一样,一般的老人坐一会儿就困了,头一点一点地打瞌睡,忽地醒来时一脸受了惊吓的模样,不打瞌睡的就不停地搓弄衣角,看起来难免有些愚蠢,而这位老人面前摆着小桌儿,桌上是一堆乐高积木的零件。

乐高老人太像她的母亲了。

有一次路过,不经意间瞥见老人,她马上被眼前这副面容钳在原地,惊骇之后,喜悦和感激迅速占了上风。一样的方脸形,相似的五官,甚至连五官被重力拉拽后的走向都是一致的,还有同样的用黑色发卡犁过的银发。那一刻她真希望乐高老人就是她母亲,母亲没有离世,只是换了一个地方生活,她不是好好的吗,还会玩乐高呢。

这会儿六月份了，有的老人头上依然戴着毛线帽子，抄着手坐在阳光里。乐高老人穿白色的亚麻长袖上衣、黑裤子，看上去清爽干净。前几次，她只是远远地望着乐高老人，也看不懂她在拼装什么，这次走近了看，老人手里摆弄的似乎是个摩托车。她弯下的身子在桌面投下阴影，老人抬起头，把老花镜往上推推，看了她一眼，她冲老人笑笑，老人也笑了，接着垂下头去，用手指捻动着一个转轴，说，你看，能动的，后面连着一个车轮子呢。她也试着拨弄一下转轴，轮子转起来，老人笑得更开心了。她问，在这儿过得挺好吧？老人不说话，拿起一个L形的小零件继续往车子上装。

临走的时候，她看到护工推着一个老人过来，轮椅上的老人像是刚刮完胡子理完发，这让他显得年轻了一些。她走过去跟护工搭话，打听乐高老人的情况。护工说，那位呀，也没什么大毛病，就是儿女没工夫伺候，送到了这里，隔几个星期过来瞅瞅她。她问，老人家有什么特别爱吃的吗？护工摆摆手，一口假牙，什么好吃的也吃不出滋味了。

回去的路上她在超市买了东西，回到家里，东西随手往地下一丢，她习惯性地走进北屋，坐在窗前的椅子上往对面看。楼间距不大，窗户又都是落地的，不用望远镜，肉眼看对面就看得清清楚楚。她的目光扫过阳台、客厅、朝南的卧室，不见徐季的身影。也许他是出去了吧，她想。

下午听到敲门声，卫巧蓉知道是房东夫妇来了，心里也猜到他们为何而来。管他呢，反正她喜欢见到这两个人，至于换房的事情能拖就拖吧。

一看老吴手里拿着一兜儿瓜子，她悬着的心就放了下来。老吴嘴里说着又来喝你的好茶了，一边把瓜子倒进果盘里。吴太太也笑嘻嘻地靠着茶几坐下，一条白玉珠穿成的链子绕了两圈，勾在她纤长的中指上。

哪有什么好茶。卫巧蓉打开抽屉，往外拿杯子，手在冰裂纹的瓷杯上放一下又弹开来。她微微叹口气，为什么大老远把这个瓷杯带过来，上面的裂纹会让她联想起自己现在的生活。

她取出几个玻璃杯，每个杯子里放一大把茉莉花茶。她说茶叶不讲究不是谦虚，跟老吴夫妇比起来，她确实不懂喝茶，就是吃完饭嘴里觉得油腻时，泡杯茶解解腻而已。

老吴夫妇喜欢跟人交往，与邻居、房客都混得很熟。这之前，卫巧蓉并不习惯外人有事没事地造访，奇怪的是自来到岛上，也不觉得这种邻里日常的交际对自己构成打扰了。她寻思着，可能身处与陆地隔绝的小岛，人们很容易变得亲近起来，说起来岛屿也不大，起一场浓雾，这小岛就从世界上消失不见了。

老吴他俩待人亲切，态度始终是自然的，这有别于她过去的经验。微笑的同事，问长问短的亲友，热情的服务员；在某些时刻，她会在他们脸上捕捉到一闪而过的游离和厌倦，那种实际上对你不感兴趣的疏远，那种掩藏不住的对周围人事的漠然。

而且有他俩坐在身边讲故事说闲话，她会暂时忘记此行的任务，脑海里喋喋不休的声音也会逐渐减弱，直至听不见了。

上次讲到养殖户的腿瘸了。她提醒老吴。

老吴呷了一口茶，说，对，瘸腿的养殖户还惦记着他的海参苗，没日没夜地在池子边守着，知道守着没用还是守着。养殖场就他一个人，他寂寞了就跟海参说话，念念有词：你们别化了别跑了，好好长，长得肥肥大大的，过些日子咱们就能见面了。这天晚上，海上刮来一阵阵凉风，温度总算降下来了，养殖户炒了几只螃蟹，打开一瓶白酒，对着大海坐下来，喝了几盅，越喝越烦。

他爱人呢，那个磨开面子去娘家借来钱的姑娘。

跑了。老吴说。

卫巧蓉捏着一粒瓜子正往齿间送，听到这话她放下瓜子，说，不对，怎么就跑了，这两人轰轰烈烈的，多不容易才聚在一块儿，就这么散了？

散了。老吴一语带过，似乎这没什么好说的。他接着讲，养殖户跟海参说完悄悄话，又开始对着大海瞎想，精卫、哪吒、八仙这些人如今在哪儿呢，能出来一起喝杯酒就好了，哪怕钻出来一只海妖，他也愿意敬他三杯。

吴太太端起茶杯递给他，笑着说，你喝口茶吧。

卫巧蓉很不情愿地往下听，心里还在想：那两人为什么不能一直好下去呢？故事的主角是老吴年轻时候的一个朋友，她听了几个章回了，曲曲折折的，总不叫人如意，以为后面大致上就是养殖户跟他老婆通过养海产挣来了好日子，谁知道海参被热死一大半，老婆也走了。她耐着性子继续听，到这里好像就该分岔了，她也只能转个身，跟上去。

养殖户自己喝着闷酒，偶尔抬头看看四周，咦，不远处的礁石上好像坐着一个人，他揉揉眼，似乎是个女人抱着膝盖坐在石头上，天黑也看不清楚。又过了一会儿再看过去，周围哪有什么人，海鸟都不知道藏到哪里去了，他吮着螃蟹腿，也许是刚才眼花了。

老吴忽然压低声音说，他正想着，有只手拍拍他的肩膀，身后响起一个声音，你这里有孟婆汤吗？

卫巧蓉的心怦怦乱跳，脸色变得煞白。吴太太赶忙说，别怕别怕，听他乱讲呢。

怎么成了乱讲，你说我讲得对不对？卫巧蓉看见老吴边辩解、边向太太眨眨眼，夫妻俩脸上同时荡漾开笑意，笑意从嘴角漫到颧骨，最后笑的是眼睛和眉毛。

毕竟世上也有这样的夫妻。卫巧蓉觉得宽慰。也许两个人一直待在小岛上，一辈子轻松平顺地过来了，没尝过多少疾苦，暮年时又赶上除了外星球哪儿都能开发的好时候，几套楼房在手，日子安闲舒心，也就更容易体会到一些细微柔软的情感。

反正不是鬼啊魂啊，我猜是个女人吧。卫巧蓉说。

老吴点点头，是个一时想不开的女人。人活一世，坎坷是难免的，过不去的，跳海了，更多的人还是过了，人总有办法让自己生活下去。

还是你们两个好，一辈子没发过愁，没经过什么变故，这神仙般的逍遥日子。说完她起身去厨房，打算再烧一壶水，身后传来珠子相撞的清脆声音，吴太太跟进来。

老卫，还是那件事。你都这个年纪了，非要住四楼，有什么好的，每天爬上爬下累得呼哧呼哧的，二楼那套房子是小了点，你一个人住不也够了。

一对学画画的学生情侣计划暑假来岛上住，说陆续还会来几拨朋友，嫌一房一厅的那套太小，老吴夫妇试着跟她提过，说她要愿意的话就帮她搬下去，房租还便宜不少呢。

她跟往常一样说考虑考虑，心里却清楚自己是不会换房的。刚来的时候，她在岛上的旅馆住着，来来回回找了几家中介，把小区的各种户型差不多摸透了，最后终于找到这套位置绝佳的房子，从北面的居室望过去就能望见对面住着的徐季。

吴太太看了一眼北居室，说，你别嫌烦，我再唠叨一句，海边的房子潮湿，你最好把床挪回向阳的卧室里，让太阳多烘烘床铺，北面这间随便放点杂物，住人哪行呀。

住惯了，在老家也是住北房。她怕这个话题再继续下去，就问，还喝茶吗？

老吴在外面说，且听下回分解吧，你歇歇也该做晚饭了。

送走房东夫妇,她坐在窗户前面,定睛看着对面的三楼。这两年,只要闲下来,过往的一些画面就像过电影一般在脑子里走。大风大雨,石子儿接连打在湖面上,涟漪一圈儿赶着一圈儿,她细数着一个个错误的选择,重新回到一个个不愉快的场景里;她翻箱倒柜,她披头散发,她会突然在窗玻璃上看到一张狰狞的脸,自己吓了自己一大跳,扭头转向窗外,月光苍白,月亮变老了。

她宁愿一动不动地看着对面,至少这个时候她还能感受到一丝平静。看着看着,天色暗下来了,对面楼上的灯渐次亮了。其中一盏灯下面晃动着徐季的身影,他来回走动了几次,然后坐在茶几前,边看电视边择菜。屋里再没有其他人了。

水泥地很凉。卫巧蓉先是觉出凉来,接着眼睛看见灰色的地面,才发现自己扑倒在楼梯台阶上。周围没有人,静得能听见自己的呼吸声,时间变慢了,几乎像锈住了一般不再往前流动。

她不敢贸然起来,等了一会儿,小心地动动手掌和胳膊,每根手指都能活动,胳膊也没事,只是手腕子擦破一点儿皮,无大碍。她用手和膝盖撑住地面,慢慢地掉转身子,坐起来。知觉渐渐恢复了,也没觉出来哪里不适,她庆幸腿没有骨折。她试着把掉出来的鲳鱼、小葱拢过来,重新放回塑料袋里,另一个袋子她还攥在手里,里头是买给乐高老人的猕猴桃和鲜牛奶。

坐在楼梯上定了定神,她看到脚下有水迹,本来应该是一摊,现在有被她踩过一滑的明显痕迹。胡思乱想什么呢,怎么就没看见这摊水呢,她抱怨着。

歇够了,站起来准备继续往上走,刚迈了一步,她"啊"的一声,身子靠在楼梯扶手上,脚踝传来一钻一钻的锐利的疼痛,额头上立刻渗出一层细汗。她紧咬牙关,弯下腰,扯起左边的裤脚,一个陌生肿胀的踝关节露了出来。

她抓住扶手,右脚先向上迈一个台阶,踩实了,再蜷起左腿,依靠右半边身体猛一用力,把落在下面的一半身子也带上来,就这样慢动作般费力攀爬着。到家门口时,外面的太阳已经升高,一个早晨来过又走了。

躺进沙发,后背还没放平,脚踝深处涌上来一波剧烈的撕裂感,像一根筋扯着,几乎要扯断了,疼痛从脚到头,向上贯穿,她猛地一激灵,像突然意识到自己还有一具身体。

愣了一会儿，她站起身来，小步小步地挪进厨房，接了半盆水放进冰箱冷冻室里。水冻成一坨冰后，她用毛巾裹住冰块，贴着脚踝放好。阳台的门开着，风吹进来，窗帘下摆一荡一荡的，桌上的塑料袋刷拉刷拉响。

融化的水慢慢透过毛巾疏松的孔洞往下淌，冰块越来越小，伴着血管的收缩，痛感也似乎有所减轻。

集中全副精力应对脚伤，还没到饭点，肚子就饿了。

头几顿还好，炖了鲳鱼，拌米饭，分两次吃完，冰箱里存的西红柿、豆角也分别充当了一餐，第三天早晨，她打开冰箱，里面空荡荡的，仿若一个心虚的人在冲她讪笑。关上冰箱门，她从袋子里拿出给老人买的猕猴桃，捏了捏，已经变软，这天就靠猕猴桃应付了过去。

天黑了，她躺在床上，透过拉开的窗帘看见一小片夜空，一弯细月嵌在天上，像一个精致的伤口。月光里，踝关节高高耸起，疼痛依然在，变得钝了、闷了，沿着神经线隐隐传导着，她能感到它，也在学习着承认它，跟还没离去的它一起待着。前几天早市上，她不知道该给乐高老人买点什么吃，大鱼大肉不好消化，坚果咬不动，甜点心也不行，逡巡了一会儿，买了点水果和牛奶。来到养老院，见一排老者沐浴在晨光里，没有了乐高老人的踪影。她掉了魂一般，好像老天爷第二次把她母亲带走了。她来回找了几遍，又拉着一个护理员问，描述老人的样子和老人的玩具，护理员是新来的，说不知道，我刚来两天。

接着，她就崴了脚。

她坐起来，挪动到床沿儿上，往对面张望。三楼的灯亮着，徐季还没有睡。这几天她时不时往对面瞅一眼，有时看见他闪过的身影，心里就踏实些。窥视变得不一样了。她扭伤了脚，困在屋里，一个人寂静地目送着日影从东走到西，听见小鸟聚集起来欢叫又忽地散去，感觉到脚部的疼痛由汹涌巨浪化成一脉细流，偶尔看看对面，也是因为突然想到他在岛上，这里还有一个熟人呢，离得这样近呢。她一个人住，他也是一个人住。他的生活简单、孤独，看起来，他享受这一切。

她拿起手机，调出徐季的号码，瞅了半天，手一划，屏幕暗了下去。

早晨醒来，恍恍惚惚双脚着地的一刹那，她几乎忘了有只脚受了伤。干脆，她心一横，左脚着地往前走了一小步，疼痛变弱了，若隐若现的，一跳，隔了很久，再一跳，像清晨发白的天空上星星即将淡去时的微弱闪光。她走到门口，想到还有四层楼梯等着她，就算走完楼梯，去超市的路也还长，心里就泄劲了。犹犹豫豫地打开门，往楼道里迈步，关门的时候，她看见门把手上挂着东西。

一个袋子，里面装着挂面和鸡蛋。

怕是谁放错地方了？四下看看，不见人影，叫了一声，没有回应。她拿起袋子回到屋里，赶紧给自己下了一大碗面条。一直等到晚上又吃完一顿，她仍然猜不透食物的来历。房东夫妇刚来过一次，短时间内不会上门，再说他们也不会留意到她因脚伤被困。徐季呢，他应该不知道她在岛上。刚到岛上的时候，她尾随着他去早市去剧院去公园，一直都很小心，戴口罩撑洋伞，挡着遮着，并且总是保持一段距离，往对面楼上窥看的时候她也很警惕，他猛然抬头时，她就赶紧缩起身子，蹲着走出北屋。

难道是乐高老人，明知道不太可能，她心里还是一热。

徐冰倩是几天后赶到的。电话里卫巧蓉说，已经快好了，快好了才随便聊几句的，没事了。徐冰倩说，用药了吗，应该没有,你自己挨着不去医院,以后落下病根怎么办。这么多天,你一个人没吃没喝的,光下面条怎么行。对了,外卖,先叫外卖对付几顿。

她不会叫车,也不会叫外卖。

不管她怎么说,徐冰倩还是立马买了票。女儿快来身边了,她嘴上反复说不用跑一趟,心里不知道多高兴。说起来,她们也有好些日子没见了。

女儿坐上渡船,卫巧蓉就一直在门边站着。终于听到楼梯上有响动,她赶紧打开门,往下张望,徐冰倩也正抬着头往上看。随着女儿的脚步声越来越近,她竟有几分紧张,不知道为什么,鼻子还酸酸的,有点想流泪的感觉。女儿刚到门口时,她不敢仔细看女儿,每次隔一阵子又见面时,就觉得女儿身上少了或多了点什么,跟记忆中的样子总有些许出入。

她有些客气地把女儿让进屋,女儿放下行李,她递上茶杯说喝口水,两个人这才互相看一眼,也互相适应了一下。

你刚扭伤时就该告诉我的,毕竟是出门在外,不比在老家。徐冰倩环顾着简陋的房子,又提起这一茬。

她说,以后身子骨儿越来越糠,小病小灾不断,哪能每次都通知呢。她知道女儿也有一堆烦心事儿,各人生活在各人的苦里,谁也替不了谁。

生病、碰上意外,都该及时跟我说,我请个假就出来了。徐冰倩在屋子里转悠,来到北面的居室,她停下来,先看看对面,又转头看着卫巧蓉,嘴动动,却什么也没说。她不是第一次来岛上了,有一年临近春节的时候,她来这里探望过父亲。

过了一会儿,两人坐在沙发上,先说了几句无关紧要的闲话,徐冰倩才问,妈,你打算什么时候回家?

怎么还要劝我?卫巧蓉有些抵触。

我说爸爸独自在岛上生活,你不信,臆想出来一些事情,到处跟别人说,有鼻子有眼的,我只好把地址告诉你,让你自己来看看,也当出来散散心,之后这事也该过去了。妈,你信不信,这事终归会过去的。

你说得简单,几十年夫妻说散就散了,任凭谁也想不通呀。一辈子过来了,两个人加起来一百多岁,该相依为命了,他无情无义翻了脸,一句解释都没有,铁了心要走。她还记得那番情景,本来没放在心上,以为徐季不过是哪里不顺气,说几句疯话罢了,后来她才发现,这个看起来没什么个性、无可无不可的人，坚决起来是如此可怕。她慌了神，想死命抓住点什么却被一股陌生的力道抛出来，跌落在局外，眼睁睁看着一条熟悉又安全的路线突然断了头，死去了。她和徐季，曾是彼此在世上最亲近的人。这么久了，再回忆起来，愤怒、屈辱、自怜自艾都淡下去了，但她的心还是会疼一下。

徐冰倩叹口气说，妈，一个人突然想过另一种生活，于是什么也不要了，什么也不管了，这样的话每天跟你说一遍，有用吗？他是另一个人，跟你想法不一样的人，他发明不了一个完美的解释来补你现在的残缺，再说到了今天，你还需要一个解释吗？对于爸爸的做法，我既不赞同，也不理解，我只是接受了。

卫巧蓉身体抖了一下，像打了一个冷战。她拉紧衣服，小声说，我不是一个糟糕的妻子，我想不通，我来岛上只是想知道为什么。

妈，现在知道了吗？

她看着女儿，女儿也在看着她，她心头一震。女儿看她的眼神，没有厌倦和不耐烦，也不是那种睥睨低维生命体的轻蔑眼神，她从对方的注视中接收到很复杂的信息，鼓励、期待、真心盼着她好，还有，她认得出，爱。

有几分熟悉，她想了想，女儿还是小孩子时，她看女儿的眼神也是这样的。

有点明白过来了，她回答道。她的明白里其实掺杂着说不出来的茫然，她不想让女儿失望。回答完了，终究还是不服气，马上又加了一句，这事要落在别人头上，别人说不定什么样子呢，没准还不如我呢。

女儿笑了，那当然，我妈挺棒的。

坐出租车去医院的路上，她对女儿说，在岛上遇见一个很像你外婆的人，我经常去看看她，最近这一次没见到她，你说，她会不会去世了，老人家，说没就没了。

女儿会假意宽慰她吧，说老人可能是被接回家了云云。

她听见女儿在耳边说，妈，真羡慕你，好比你又多看了外婆几眼，多少人都只能在心里想念亲人啊。

她先是愕然，转而欣喜，一转念的工夫，出租车从窄道里拐出，下了一个坡，半月形的海湾出现在眼前。车窗外面，一排排红房顶的度假别墅轻快地掠过。海面上，渔船上的人正在撒网，身体一旋，两只手臂抡出去，把张开的网送向空中。这多像记忆深处的一幅旧画。卫巧蓉忍不住喊女儿看一眼，女儿放下半截车窗玻璃，偏过头去往外看。卫巧蓉偷偷瞅着女儿，跟小时候一样，女儿的鼻梁和下巴还是那么秀气，她的脸庞看上去是甜的，甜如成熟的果实，还有她皮肤上散发的光泽，卫巧蓉只在牛奶结成的奶皮上看到过那么温和细腻的光。出租车从两排樟树间开过，到了更明亮的地方，她注意到女儿眼角的一小簇皱纹。

她并不为女儿脸上现出的老态感到忧虑和惋惜。她多么喜欢女儿现在的模样。

明天上午的票对吧？卫巧蓉帮徐冰倩把碗筷收拾到厨房，徐冰倩一边点头一边说，别动了，出去坐着。卫巧蓉给她系上围裙，提议道，一会儿咱俩去沙滩上走走。别担心，脚好多了，再说选最近的沙滩，几步路而已。

这是一个很秀气的海滩，地势平缓，沙质松软。两人沿着海潮退下的一道水痕往前走，被阳光晒了一天的沙子现在还是暖热的，走了一会儿，脚底像被小火苗远远地烤着一样舒服。

到底女儿能不能看到呢，卫巧蓉并不确定。此前，她在这个海滩上遇见过一幕奇景，一幕不属于人间的景象，说不出来的美，短暂而神奇，她悄悄地记在了心底。那会儿，她也像现在一样在沙滩上闲逛，忽然，海水的边缘出现一条闪着蓝色荧光的带子，随着波浪一前一后地摆动，她走近几步，看到海水里浮动着珠子形状的团团蓝光，不像灯光，也不像珠宝的光，那蓝光分明是有生命的、正活着的光，很快，也说不清是水还是光，一波波漫上来，漫过她的脚。星星从天上掉下来了吗？她恍若站立在流动的星河里，喉头一哽，想叫又叫不出声来，整个人呆住了。星河消失，她如梦醒，旁边拍照的人告诉它，这是夜光藻聚集引发的现象。她回想刚才那一幕，更愿意相信是繁星掉落海水，嬉戏片刻又飞回天空。

可遇而不可求吧。她挽着女儿的手臂，往更开阔的地方走，背后有风吹拂，很轻柔的风，像踮着脚尖跟在她们身后。

再往前就是地质博物馆了。她指着不远处的建筑物。女儿停下来望着前方，说，这博物馆外形很奇特，像上冲的海浪在半空中被定住了，是空间，但更像一个瞬间。她点点头，第一次见到博物馆的外形，她首先感受到的也是时间。在这个"瞬间"里，陈列着岛屿地层的主要构成，一亿多年前的早白垩纪的火山岩，还有小岛各个地质时期的动植物化石，层层叠叠地凝结着亿万年的漫长时光。

已经闭馆了，等你再上岛，我陪你进去看看。

回到家里，两人都觉得有些困，早早躺在床上。楼下散步的人陆续回来了，人们的说笑声夹杂着小狗的吠叫声，卫巧蓉说，隔壁单元有人养了一只串串，博美和蝴蝶犬的混血狗，样子特别漂亮。说着说着话，徐冰倩那边先没声了，她睡熟了。

卫巧蓉听到耳畔传来缓慢深长的呼吸声，有多少年没听过这样的呼吸声了？听着听着，眼角一热，赶紧背过身擦了擦。眼泪不听劝，继续往外涌，无声无息，顺着脸颊流下来，滴在枕头上，黑暗中静悄悄洇湿一片。听着女儿平稳的呼吸声，她感到时间滴滴答答善意地流逝过去，万物沉默地生长，山脉，海水覆盖下的岩石圈，还有不远处伸向海滩的铁红色岬角，那长满地衣的寂静而热烈的火山风景。在一些艰难的时刻，她以为自己肯定要完了，结果她没完。日子呀，慢慢就磨过去了，再过几年女儿生了孩子，她要当个好帮手，帮女儿熬过最忙乱的两三年。再往后，不知道多少年以后，总有这一天吧，她得病了，去世了，她的魂魄也会循着这酣畅的呼吸声，在人世里找到女儿，不呼唤，不打扰，只远远地看看她，守着她。

她多享受和眷恋这普通的夜晚啊，平和的夜，熟睡的人，还有此刻不在眼前但她知道会站在那里的一棵树，楼门口种着的一棵夹竹桃，月光下几片深红的花瓣正缓缓飘落。

窗玻璃上渐渐起了一层雾。

天快亮的时候，下起了小雨。卫巧蓉跟往常一样醒来，睁开眼睛，先看见女儿侧过来的头，心里顿时满是安慰和满足，脸上的表情也一下子变得温柔起来，连带着心头涌起了对整个人世的淡淡的温情。她凑近了，端详女儿熟睡的样子，端详了一会儿才起身，轻轻关严屋门，走进厨房，熬上杂粮粥，煮了两根鲜玉米。

吃过早饭，她忙着给女儿检查行李，钥匙，证件，钥匙，证件。女儿呢，忙着检阅冰箱，里面满满当当的是蔬菜、鱼虾和水果，冷冻层里也塞满水饺、猪肉包和带鱼段。临走的时候，女儿还把几瓶药油分别放在茶几、床头柜和窗台上，嘱咐着，没事多搽搽，在关节上不停划拉，划拉到发热就是起效了。

她换下拖鞋，跟在女儿后面要一起去码头，女儿摆摆手，说，你的脚还要再养养，别跟我去码头了，有空了我就来看你，很快的。女儿向外走几步，忽地又闪身进来，揽住她的脖子，说,妈,还记得吗,我十几岁的时候咱们一家去旅行,去南方的一个海岛,那几天玩得可真好。

女儿的本意是让她开心,"一家"这个词却短暂地刺痛了她,疼痛来而复去,倏忽而逝,她清晰地感觉到疼痛的发生和消失。不过,快乐的旅行,她有点记不起来了,只能装作想起来的样子,用力点点头,说,等你再来,我的脚也好了,我们一起在岛上逛逛,很多好地方呢。

晚上,卫巧蓉把白色塑料瓶里的药片倒进垃圾桶。自从徐季走后,娴静端庄的夜晚也一并失踪了。她躺在床上,翻来覆去,枕头里的荞麦皮儿沙沙响个不停,像深秋的雨在耳朵边下着。夜深了,她一点困意也没有,圆睁着双眼,全身火烫地想象着跟徐季理论的场景,她整夜整夜处在战斗状态中,凌晨才在一边倒的胜利中疲惫睡去。再后来,母亲去世了,她白天呆呆地流眼泪,夜里躺下就蒙住头,想忘了已发生的一切。一桩桩一件件,却争相往外喷涌,她揭开被子,眼睛在黑暗中盯住天花板,感觉到有什么东西迅速流走了,萎缩,干涸,焦枯,她如一副空空的骨架,在月光的照耀下又冷又白,森森地闪着寒光。

她倒掉安眠药,准备重新学习睡眠。

细软的沙子里插着柠檬色的太阳伞，伞下面是躺椅，躺椅旁边的野餐垫上摆满面包、烤肠、冰汽水、椰子、西瓜，几块浴巾平铺在细沙上，接受夕阳的照耀。海水里浮动着五颜六色的泳帽，卫巧蓉戴着一顶红泳帽，徐冰倩紧挨着她，双手攀住蓝色的救生圈，徐季在旁边不远的地方凫着水，不时游过来看看她俩。温柔的海浪一波波涌来，身体不用使劲儿，顺着海浪就可以一起一伏，渐渐的，身体好像要跟海浪合为一体了。

　　徐冰倩不肯戴泳帽，高高扎起的两根辫子被海水打湿，头发一绺一绺地贴在脸上，她毫不在意，咯咯笑着，说回家了我要学游泳。徐季答应着，我给你当教练。

　　上了岸，徐季歪在躺椅上，卫巧蓉陪女儿堆沙子，饿了，吃几口面包，渴了，抱起椰子来喝。天黑透了，三个人仰面躺下，看银河，认北斗七星，直到起了很重的夜露，海风吹到身上觉出凉了，一家子才起身收拾好东西往宾馆里走。回去的路上，徐季给女儿讲故事，前半段讲塞壬，后半段讲忒休斯，两个人一直说说笑笑的。

　　深色丝绒般的夜空下，卫巧蓉沉默不语。她不停地回想白天游玩的顺利和完美，隐约有些不安，明天还会像今天一样顺利，一样快乐吗？不知不觉的，眉头拧紧了。想什么呢，妈？女儿突然问她。她勉强笑笑，没什么，有点累了。

到了宾馆，女儿和徐季陆续冲了澡，她进去的时候，发现热水时有时无，调试了一会儿还是不行，心里就很烦躁，打电话让服务员过来，服务员大概知道这是年久失修的老毛病了，装模作样地查看一下就走了。她匆匆洗完，拿起吹风机，风量不太够，费了半天劲儿勉强吹干了发梢。躺在床上，她对徐季说，明天咱们换家宾馆吧，徐季嗯了一声。

第二天，她在雨声中醒来，心有些慌。透过窗户往外看，一片白茫茫的，外头的树都看不清了。浴场肯定关闭了，海边那家著名餐厅也不营业了。怎么就突然变了天，昨天还是大太阳呢。怎么办，她拉紧睡袍裹着自己。徐季翻了个身，说，下雨了，多睡一会儿吧。

在宾馆里吃完午餐，徐季和女儿铺开棋盘纸开始下跳棋。她看他们下跳棋，只觉得一步一步好像踏在她心口，乱糟糟的。眼睛转向外面，雨势正猛，雨水从高处扑下来，天色昏暗，恍若傍晚。她无聊地坐着，打开电视，连换几个台，没有什么好看的，屏幕里的画面越来越模糊，她意识到自己实际上在望着空气，便扭过头去问徐季，你说雨会停下来吗？

天知道，徐季笑着指指上面，别想了，正好在宾馆好好歇歇。她嘟囔着，我们明明是出来旅游的。

那是十五年前的夏天，卫巧蓉想起来了。隔着十几年的漫漫烟尘，她看见回程的路上，徐季拿着相机拍照，女儿远眺着海里的怪石作诗，她不愿破坏他们的兴致，嘴上没说什么，心里却默默复习旅行的细节，到底是哪里不对，造就了这不圆满的旅行？

雨早就停了，大海平静，闭目养神。

她看见一个一脸严肃的女人斜倚在船舷上，看见一团灰白色的影子从她的身躯里脱离出来，一飘一飘，飘回到昨天的那场暴雨中，在雨中孤独地游荡。

清晨，厚厚的云层覆盖着岛屿的上空。云层散开的瞬间，浩荡的光涌进树林。光线穿过树冠，化作一道道光柱，光柱和高矮错落的树木共同设计着林子里的空间，风吹来的时候，叶子哗啦哗啦响，树摇晃，树影摇晃，林子醒来，小动物也醒来了。

早市海鲜区堆满了刚从海里捕捞上来的梭子蟹、海虹、毛蛤、爬虾，地面上水淋淋的，空气里弥漫着一股新鲜的味道。卫巧蓉停在一家商户前面，阳光倾洒，落在一筐筐海货上，她看见有个筐子里叠满纯银，条状的银子，在晨光中闪闪烁烁的。卫巧蓉挑选了一条，她叫不上名字来，鱼身形曼妙，没有鳞片，细看起来像鎏了一层厚厚的银粉。市场外面，渔民举着筐子走动，螺、青口、海蛎子，碎石头一般擦着碰着。明亮的光线透过筐子，有的鱼看上去几乎是透明的，一片片鱼形的玉，里面纤细的骨头犹如玉石内部的天然纹理。

蔬果区里似乎集结了世间所有明丽的色彩。在里面转了一圈，她回到熟悉的摊位买茼蒿和蒜苗，隔壁的摊上，一把把粗壮的西芹码在台子上，她想起了徐季。每次跟随徐季来市场，他似乎都会买一把西芹。以前她总说徐季像个孩子，离了她准不行的，她观察着他，看他怎样配齐一餐饭的原料，他东走西走的，就把该用的材料都买齐了。而且，她从来不知道他喜欢吃西芹。回想过去几十年的生活跟回忆一场梦境有些相似，一样的模糊不清，一样的零碎混乱，任意流淌，没有形状，而且，你能记起和描述出来的都不是全部，总会漏掉点什么。

往回走的时候，她看到老吴夫妇正沿着环岛步道散步，两人身上的红色运动衣在清湛的天空下显得分外鲜明。她向夫妇俩招手，心想，世上总算有几个好运气的人，能一直得到命运的厚待。

吴太太小步慢跑起来，老吴也加快了步子，一群白色的海鸟从石头上飞起，抖着翅膀飞向海面。两个人一会儿并排行进，一会儿一前一后错开了。

老吴的腿怎么了？卫巧蓉看着他俩的背影。老吴紧赶几步时，身体有点失去平衡，一条腿拖曳在后面，吴太太回头说着什么，脚步已停下来，两人原地歇了一会儿，吴太太挽起丈夫的手臂，慢慢往前踱步，他们的身影消失在步道拐弯的地方。

卫巧蓉想着吴太太的南方口音，恍然明白了过来。

经过码头，正赶上一艘渡船靠岸，先是甲板一阵咚咚乱响，接着，拖着行李的人们沿着跳板走下来。她也是这样抵达小岛的，只不过没有游客的欢快好奇，她来的时候，随身携带着一座地狱。

海上的晨雾尽数散去，碧清的海水豁然出现在眼前。近来，她时常忘了自己为何来到此地，好像她原本就生活在这里，或像很多外地人一样，来岛上是为了观光和疗养，为了享受这里的阳光、空气和海味。

回到家,她顺手拿起一瓶药油,拧开盖子,把气味辛辣的药油倒在手心。作为孤居之人,她时常提醒自己,你要多保养多锻炼,腿脚得利索点,不利索没法儿独自生活下去。她打着圈搓脚腕子,直到搓得皮肤越来越热,药力缓缓地往下渗,蜿蜒着向里走。脚踝深处的疼痛沉睡了过去,只在阴天下雨的时候,丝丝缕缕地往上爬。今天是个晴朗的日子,她来到自己的卧室,南向的卧室,把床上的被褥摊开,等着丰沛的阳光把棉絮里积攒的潮气一点点赶出去。

下午的时候,被子已变得温温热热的,摸上去像一层柔软的皮肤。手抬起来时,那种软软的感觉还停留在指腹上。

又该出去活动活动手脚了。她在门口拿起一个东西,散步最好有个伴,这个就是她的伴。女儿给她买了一根拐杖,铝合金材质,防滑手柄,高度可以调节。一开始她有些羞恼,说不用不用,还没老到用拐杖的份儿上,女儿说有个拐杖稳当,等脚好了再把它扔掉。脚好了,她每天出门还是顺手拿起拐杖,跟她做个伴。

走进公园时,光线正变得黯淡,灌木和花丛低低地伏在朦胧的暮色里，像通过一面未磨的镜子映照出来的。 有好几次，她在公园里见到徐季，他有时在跟人下象棋，有时在和老人们一起坐在路边乘凉，有时在跟孩子们聊天，她悄悄绕到后面，能听到他在说什么。 他给孩子们讲木卫二，讲珍珠的形成，最近的一次她听见他说：麻姑是谁，她是个仙人，有一天下凡参加宴会，宴会上她对另一位神仙说，自从上次和你见面以后，我亲眼见到东海三次变为桑田……

他们至今没有碰过面。 她设想过面对面遇上的情景，这辈子该说的话已经说完了，她不知道该对他说点什么，但她还是会迎上去，向他问声好。

岛的西面是连绵的山峦。 群山在渐渐稀薄的岚霭中站立起来，缓缓伸直了脊背。 她抬头望过去，正巧又有几朵云飘到山头附近，一纵身，翻了过去，云朵们看见山那边有什么了。

夜色像宽大的黑斗篷一样罩下来。 经过小树林时，身后传来窸窸窣窣的声音，也许，人在落叶上走，也许，小动物正穿过草丛。 回过头去，是看见松鼠、野兔、狐狸，还是看见一个跟她一样独行的人呢？ 不管怎样，她都决定转过身去看看。 就在她转身的一刹那，环绕在身旁的黑暗变轻了。

火车

宁肯

授奖词

《火车》以昔日少年的野性引领读者搭上呼啸而去的火车,一起捕捉北京琉璃厂到永定门火车站的流年碎影,捕捉少年心灵的幽明与童真。 在历史与人性的深处,在民居大院与京城外的故事空间,火车汽笛的鸣响化为小说的时间之声,渐成小说那束理想之光,粗粝而温暖,荒凉又澄明。

一九七二年意大利人安东尼奥尼拍摄《中国》时，我们院几个孩子走在镜头中。安东尼奥尼并没特别对准他们，只是把他们作为一辆解放牌卡车的背景，车上挤满蓝色人群，我们院的孩子只停留了十几秒钟便走出画面，向城外走去。城墙已经消失了，护城河还在，过河就是城外：铁路，庄稼地，二道河与三道河。二道河是污水，河汊纵横如车辙，那是我们院孩子抵达最远的地方。听说过三道河没去过，通常就在铁道边上玩。从后来才见到的片子看，他们是五一子、大鼻净、小永、大烟儿、文庆、小芹。小芹是唯一的女孩，但是跟男孩差不多，一个颜色。那么，还有一个人是谁呢？他比别人都矮了一大截，落得有点远，而且不像是和前面一伙的。但是没有他一切都无从谈起。四十年后我在镜子中看到他，他也老了。

别以为侏儒不会老,照样会老,满头银发雪山似的,照耀着短小的藕节似的身体。

他们——当然也可说我们——过了桥。桥是南城的永定门桥,普通得不能再普通,要不是简易栏杆几乎看不出是座桥,路面也是一样的柏油与反光。桥上永远有人在打鱼,冬天凿开冰也打,每天打得上来打不上来都打,网抬起落下,像钟一样准确。总有含着长烟袋一动不动的老人围观,就是说不管这个城市已走了多少人总有闲人。街上也还有人,公共汽车空荡荡,但算不上空驶。偶尔车后面跟着辆自行车,汽车多快自行车就多快,没任何原因。阳光不错,路面反光,汽车、人、自行车像在镜子中。

护城河泾渭分明映着城市、农村、环城铁路,火车慢慢悠悠,汽笛声声,大团的白雾飘过河来,被坚硬的城市吸尽。白雾在田野上要飘很久,这也是我们喜欢河对岸的原因之一。我们在铁路上奔跑,追着白雾。铁路本是麻雀的世界,麻雀起起落落,重复飞翔。我们的奔跑没有重复感,我们只是几个孩子,并且奔跑的原因不明,与食物无关。枕木的节奏决定着我们的奔跑,只要踏上枕木不跑不行,直到有人带头卧下才全都卧下。没人教我们倾听，只是一人俯耳大家就都跟着——好多事都这样，然后竟真的听到了轻轻的震动。尽管就课本而言我们是白痴，但本能异常聪明。火车来了，尽管在远方，但是来了，远远地来了，简直有音准。虽然我们不知道音准但已听出来，声音越来越高，越来越密，越来越响，然后我们一哄而散……

火车从来轧不到麻雀，也轧不到我们。

黑色的火车红色的曲臂，喷着热气一下将我们吞没，什么也不见了，只见红色曲臂那样奇怪地来回转动，好像原地打转，但却在走。我们跟着热气大声呼喊，听不到自己的声音，只看到同伴的口型。火车过去了，我们依然跟着尾车跑，向尾车扔石头，歪戴帽子的押车员不为所动。

我们从没扔过绿皮车，看都看不够，窗口都是陌生人，他们看我们，我们也看他们，我们追着窗口跑，有人扔下东西，一包垃圾，或梨核儿，我们也不在乎。我们太喜欢陌生人，远方的人，每次都追出很远，客车走了看不见了我们还在铁路上走，不知为什么。有一次走得太远，突然意外地远远发现许多黑皮车，无数平行又交叉的铁轨，闪闪光，一个我们从未见过的陌生世界。我们不知道这是车站，要是客车我们自然会想到是火车站,货车站把我们看傻了。我们猫着腰穿过铁轨,神神秘秘爬上了一列列安静的列车,从此这里成为我们的乐园。我们跳进涂着沥青的车厢,进入闷罐车厢,从车尾到火车头,扳动拉杆,发出"呜,呜,呜"想象中的声音。在帽型尾车上,我们扶着简易的铁栏,站在押车人常站的地方招手,望远方,模仿叼着烟的姿势,从里面手扶门边只露半个身子,挥舞帽子。我们探寻各种可能的发现,工具箱、大衣、帽子、暖壶、杯子、饭盒、工作服,偶尔发现有工具箱没锁,打开看到里面有锤子、改锥、钳子、扳子、轴承,太让我们兴奋了。我们戴上工帽,穿上工作服,拿着扳子拧这儿拧那儿,好像工作了一样。我们不再是简单的孩子,货车站让我们像竹子拔节一下长了一大节,我们走路都和过去有点不一样,这一点甚至从影片中也可看出:我们不再是散散漫漫,而是步履匆匆。

　　那天是周二,是不是全世界星期二下午都没课? 还有周六,不仅如此我们那时周四下午也没课。就算上午也常有自习课。由于课本的原因尽管我们头脑简单本能不简单,那天一吃过中午饭本能就活跃起来。在大门洞外我们等了一会儿小芹,每次差不多都是小芹最后一个出来。烟色条绒上衣，烟色的猴皮筋，猴皮筋将两条烟色硬辫勒得很紧，整个看去小芹在我们之中是最接近麻雀的，干脆说就是一只鸟。五一子打了个榧子。

我们住在南城中轴线偏西，在和平门与宣武门之间的琉璃厂附近，我们院在北京也是数得着的上百户大杂院。有三个门，正门旁门和后门，从前门儿进去后门儿出来要穿过迷宫似的夹道差不多就到了宣武门了。已经说不上几进几进院，院中有路，路中有院。夹道、小巷、角门、垂花门、豁口将十几个院连在一起，有的院门紧闭，常年没人，里边有树、亭子，甚至一段小河。小河好像是暗河的一段，没出院又消失了。具体到我们小院不到十户人，是这大院中最普通的小院，虽青砖墁地但房子低矮，就算正房也比别的院矮一点，据说是早年间牲口棚。

我们等小芹倒不因为小芹是女孩，我们没什么性别意识，所有人都是一个人。主要是小芹在别的方面和我们不一样，她有零花钱我们没有。小芹不和父母住，从小和姥姥住我们院，小芹父母住在北京的西城社会路，是中科院的工程师，过去节假日她父母老来我们院，去了干校后来得少多了，听说最近又去了新疆。小芹有一个姐姐在内蒙插队，还有一个弟弟跟着父母，北京、五七干校、新疆到处跑。关于小芹我们也就知道这些。每月小芹都有固定的零花钱，五块钱呢，我们一年的学杂费才五块，这笔钱由姥姥掌握着，小芹因此恨死姥姥了。

我们从大院里出来，穿过门前的前青厂胡同，这是我们梦游都不会走错的胡同，前面不远过了北柳巷十字路口就是琉璃厂。我们的学校就叫琉璃厂小学，不在街面上，在小胡同内，走九道弯、小西南园、铁胳膊胡同都行。过了铁胳膊胡同是荣宝斋，荣宝斋对面是琉璃厂唯一的一座西洋建筑，四层带白廊柱，顶部刻有：一九二二年。老辈人说中国的第一部电影《定军山》就诞生在这楼前，但这是我们每天的必经之路已经视而不见。直到南新华街与东西琉璃厂交叉的十字路口才稍稍陌生一点：大街对我们这些孩子永远都有些陌生。这里有两趟公共汽车，一个是十四路，一个是十五路。十四路在这里的站不叫琉璃厂叫厂甸。厂甸到永定门一共七站：厂甸、虎坊桥、虎坊路、太平桥、陶然亭、游泳池、永定门。我们无比熟悉这些站牌，倒不是因为坐车而是每次都数着站牌走着，一站一站，比坐车还熟悉这些站。

只有小芹坐过一次，坐完就后悔了。小芹在永定门等了我们好久，在桥上吃了三根冰棍，喝了两瓶汽水，差一点就坐车回头找我们。那以后小芹每次都跟我们走，但每次五一子都别有用心地鼓动小芹坐车。开始我们不太明白，后来就一块帮腔，结果终于等到小芹一句话：要坐大家一起坐。不用说，小芹请我们坐车。但五一子还有妖蛾子。小芹自然统一买票，五一子偏要把钱给他，他自己上车买。小芹给了五一子一毛，这样我们都要自己买，小芹也没说什么给了我们每人一毛。七站地七分，售票员要找三分，找回的三分说好了要还给小芹。我们都上了车，五一子最后一个，没想到车门刚要关上，五一子突然跳下车。五一子说他不坐车了，他跑着。我们立刻明白了。五一子像匹小马奔跑起来，一直在我们后面，车快他也快，车慢他也慢，有时他变得只是一小点了，但路口到了，五一子又追上来，甚至超过我们。每一分钱对我们都是宝贵的，因为就算一分钱我们兜里都没有，小芹没想到快到第四站时我们每人花了四分钱买了票，到虎坊路纷纷下车。

小芹也下了车。

五一子傻了眼，问我们为什么下车。我们都不说话。我们坐了四站花了四分钱，省了三分钱。小芹先没理五一子，先朝瘦得跟刀螂似的大烟儿要，大烟儿给了小芹三分，小芹不干，让把钱都拿出来。大烟儿看五一子，磨蹭半天，嘟嘟囔囔，说后面三站他也跑，意思是三分钱他可以留下。小芹毫不客气一把夺过大烟儿手里的三分钱，大烟儿心虚没躲，看五一子。大家都看五一子。接下来的大鼻净、小永、文庆，小芹只是伸手话都不说，他们张了手，但没主动送上钱。小芹一一从张开的手心里拿走了钱。到我这儿稍迟疑了下，我主动把钱放到小芹手里。

小芹朝向五一子，伸出手。

五一子拍拍兜，说钱丢了，可真说得出。

"那我翻了。"小芹说。

"翻吧。"五一子梗着脖子说。

一个女孩子翻一个男孩子身，我们都没想到。虽已是春天五一子仍穿着脏得发亮的土黄棉袄，并且是空心儿的，下面穿了一条单裤。五一子跑了四站地，棉袄系在腰上，光了膀子，像小一号他装卸工的爹。小芹一点不犹豫翻了五一子腰上的脏棉袄，解了下来翻，五一子光着大板儿脊梁，肩头晒得发红。小芹在五一子身上翻了个遍。

我们挺佩服小芹的，主要是我们把钱都交了，也希望小芹翻出钱。

"把他裤子脱了！"大烟儿说。

"藏裤裆里了！"大鼻净说。

我们太了解五一子了。

"我脱了？"五一子主动说。

"脱了。"

"你脱吧。"如果马有流氓的表情就是五一子。

小芹伸手便脱，五一子拿出了钱，变魔术一般。

小芹妈妈每月从远方寄来一次生活费，姥姥把小芹的零钱换成一毛、五分，分成了三十份，每天视小芹的情况发放一次。哪怕三天一次，两天一次也行。但是不。小芹姥姥不。早晨小芹睡得迷迷糊糊便听姥姥唠叨，催快起床，数落昨天小芹的错误，不是，鸡毛蒜皮，嗡嗡嗡嗡，小芹堵上耳朵，姥姥给扒开。姥姥也真会挑时间，平常小芹根本不听，吃饭都端碗到邻居家吃，我们院倒是也兴这个。或者姥姥说一句小芹顶一句。小芹同姥姥的关系就跟中苏关系似的。上学都快迟到了姥姥还没完没了，越说越气，钱捏在手里不放下，有时小芹忍无可忍背起书包就走了。姥姥便追上去把早点钱摔给小芹，最气时不追，早点钱也不给了。第二天姥姥继续数落昨天事，讲得不算太长便给了钱。小芹拿到钱，问昨天的钱呢？姥姥没办法，要是吵起来小芹会把钱放下便走，继续不吃早点。这不是没有过。

　　小芹的零花钱包括早点钱，每天一个油饼，八分钱，另外的七分钱才是零花，粮票可以兑钱，或者也是钱，油饼要是交一两粮票可以省两分钱。为了这一两粮票小芹跟姥姥打了好长时间，粮票按月定量供应，每人一份，每月都有粮店的人到院里来发。"发粮票喽！"一嗓子就行，全院人都出来了，拿着户口本，就等着这天呢！小芹姥姥死活不给属于小芹的这一两粮票，买粮食都用了，哪儿有你的粮票，你都吃了。小芹不服，我早晨也得吃呀，粮票包不包括早晨，你要说不包括我就不要。不包括。包括。小芹给妈妈写信，讲理，控诉，妈妈寄来了全国粮票问题才解决。我们院谁家都没有全国粮票，看着可是新鲜了，全国粮票也叫全国统一粮票，到哪儿都能花，比一般粮票大，硬挺挺的像新钱票一样。但我们还是希望小芹把全国粮票花掉，别攒着，换成钱，攒几张就行了。每次出门远行小芹都会给我们买冰棍，去时一根回来一根，还买过汽水呢。汽水一毛五分钱一瓶，当然不是每人一瓶，五六个人一瓶，你一口我一口分着喝，喝着喝着我们就打起来。这时就算五一子是我们的头儿我们也照样会跟他急，扑上去撕咬，只有小芹能像有电棒一样将五一子分开。小芹姥姥最恨的就是五一子，最瞧不上的也是五一子，老太太总能一眼就看穿五一子，每次我们筋疲力尽从铁路回来，小芹的姥姥都像定时炸弹，是我们预料之中的。你们还回来，怎么不让火车撞死！

我们四散奔逃，五一子更是缩头乌龟。说起小芹姥姥我们都不怕，但一见小芹姥姥还是怕，就像说起炸弹不怕，一响可就另外一回事了，我们都像着了弹片被炸飞了一样，跟电影上的鬼子似的。倒是小芹充耳不闻，像没看见一样，从姥姥身边走过。她们家门敞着，弹簧都被临时卸掉，只等看着我们进院。小芹也不客气，进了屋使劲把屋门拉上，拉上弹簧，就差插上门。小芹姥姥本来冲着我们，立刻停了，无比愤怒地拉开门，哐当卸了弹簧敞开房门，跺着脚将小芹和我们一起骂。小芹躺炕上堵耳朵，有时一跃而起，摔门而出，跟长征似的好不容易回来，重新走到街上。

我们毫无同情心,没有一次到街上看看小芹。我们都在挨家长骂,那么大声我们听得出也是让小芹姥姥听的。小芹姥姥在我们那片是个很特殊的老太太,既不像有文化的老太太,也不像没文化的老太太,更不像是有着工程师女儿女婿的老太太,瘦,脸上皮包骨,抽长烟袋,黑牙。出身不好,头几年还挨过斗,可是我们院邪行,一直没怎么有社会上比如工厂机关学校那一套,红卫兵的哥哥姐姐倒是闹过一段,但很快都轰乡下去了。说不迷信那也就是嘴上说,事实在那儿摆着,我们院大人就是这心理。

我们院也就小芹不怕她姥姥,每次铁道回来零花钱至少停三天,就是那七分钱不给了,只给早点钱。上铁道是大错,小芹也不争,而且没了零花钱小芹也有办法,早点不吃了,省了,就像五一子、大烟儿、小永——我们都不吃早点,就没吃早点的习惯。这当然是农村人的习惯,但我们院大多以前都是农村人,还保留着许多农村人的习惯。我就不一一列举了,还是说小芹,习惯了早点的小芹没了早点非常挂相,中午放学回来狼吞虎咽,一点吃相没有——吃相历来是老太太教育的话题。

"是不是没吃早点?"

"吃了。"

"撒谎。"

小芹姥姥跟踪了小芹,戳破了小芹的谎言。

"我的早点钱,我愿吃就吃,不愿吃就不吃,你管得着吗?你有本事别让我吃早点,别给我早点钱。就不滚,我妈的钱我干吗滚?"

"我是你姥姥!"

"你不是我妈。"

我们走在细长铁轨上,伸出两手,排成一线,晃晃悠悠,不时弯腰捡起一块砾石扔向远方。铁轨与枕木是天然的一对,像一对老人。铁路已太老了,连石头都老了,带着深深的油腻污渍。但比起这座城市它依然是现代的,钢铁世界。信号灯闪耀,路轨反光,在这盛大而又迷幻的货车站,以及这几个孩子,安东尼奥尼拍不到这里不等于这里不存在。它一定会存在。我们轻车熟路地穿过纵横交错的铁轨、道岔,划过弯曲的扇面打开的钢铁之光。在红色信号灯处我们低下头猫下腰,不像麻雀,麻雀做不到这点,避开扳道工,来到了货车丛中。这里是一个无人的世界，大多黑色车，也有个别好久不开的绿皮车。这里是我们的街道，我们的王国，我们的胡同，随便上到一辆尾车上，像以往一样，像一种固定的仪式，所有人的头习惯地凑到一起。

"海外来人了。"

"第三次世界大战就要打起来了。"

"联合国军已经登陆。"

《铁道卫士》印象深刻，已深入我们的骨髓，五一子扮演方化，手势我们太熟悉了，眼睛直直的。接下来的次序不固定，有点乱，大鼻净与大烟儿总是抢话："可我那二百坰地？"大家一起喊："给你弄个师长旅长干干不比你那二百坰地强！"笑得前仰后合。

小芹从不参与，看着我们，这时她的确是女孩。直到有一次五一子给了小芹一支烟，是的，五一子已开始卷大炮，偷他爹的。五一子给小芹卷了一支，小芹叼起来，大鼻净一副谄媚的样子给点上。别说，这时候小芹表情还真有几分女特务的样子，特别是小芹自行把硬辫子松开，头发弄得松松垮垮。我们都看傻了，有种非常陌生的东西，我们觉得好看，但谁也没说。

说不出来。我们的表情像镜子一样，小芹肯定看到自己。我们围着桌子。尾车空间不大，两边各一张铁凳子，中间是铁架做的桌子，两边的铁窗相对。靠里有个铁炉子，烟筒伸到车顶外。一般火车其实有两股烟，一是白烟，一是黑烟。浓浓的黑烟就从这里伸出车顶冒出，比白烟更长久，更让我们心驰神往。有时桌上还会有马灯、信号灯、信号旗，随便放着简单的行车记录，以及搪瓷缸子、饭盒、水壶、圆珠笔。椅子下面是工具箱，工具箱上面卷放着被子、大衣，都脏得要命，和煤堆在一起。我们拿着信号灯照来照去，不敢拿到外面。信号旗拿外面没问题，可以在尾车栏杆处乱晃，不会被发现。从一辆尾车到另一辆尾车，总是乱窜，我们不会停留在一辆尾车上，那天发现了一副扑克牌。扑克牌又脏又破，满是油污，但仍让我们兴奋不已，就像玩惯假枪见到了真枪。

我们一有清晰记忆就赶上了"破四旧"，脑袋像归零一样，当插队的哥哥姐姐带回扑克牌，我们无比惊讶，世界竟有这种新鲜玩意儿，神奇极了。我们当然玩不上，一向被世界忽略。但并不妨碍我们创造自己的世界。我们撕了作业本，裁成五十四张同样大的纸，写上红桃黑桃方块梅花和数字，大猫写上大猫，小猫写上小猫，也是一副牌。我们玩大百、小百、升级、争上游、憋七，甚至带到火车上玩。我们坐在两边铁椅子上，像开会一样，非常神秘，一点也不觉得那些破纸可笑。发现真正的扑克牌！那堆烂纸立刻被我们扔到窗外，随风飘散。五一子和小芹一头，大烟儿和文庆一头玩起对家，小永和大鼻净围观，替补。五一子让我把门关上。这不用说，我负责警戒，从来如此。

汽笛声声——远处总有，尽管这次是我们的车发出的，但七十多节车厢太远了，因此任何汽笛声可忽略不计，我们都习惯了。就算屁股底下"哐当"一声火车动了，通常也不太慌张。稍不同的是那天我把门锁上了，这也不打紧，还有窗户，我去开门，大家纷纷跳窗而出，以前就算开着门也有人成心跳窗。小芹和五一子收牌，收了最后几张五一子翻身跳窗。铁门打开了，毫无疑问小芹会跟着我，这都不用说。车很慢，我下到铁台阶最后一节一跃跳下。当然摔在了地上，我太小了。果然小芹跟着我出来了，到了栏杆处，却没下台阶，迟迟没跳。我们追，喊快跳，快跳，几乎拉到了小芹的手，小芹却没动。小永摔倒了，大烟儿也摔倒了，在枕木和砾石上。

小芹扔下了扑克牌，我们每个人都捡到了，一边追一边捡，一边捡一边追。 我这个罪魁祸首落在最后，远远追着，也捡到了一张。 我不能说扑克牌是罪魁祸首，是一种命运，哪怕它经常用来算命，但我也恨死了扑克牌，我觉得我就是扑克牌。 我们散散落落停下了，五一子从我们手中一一收走了牌。 五十四张，一张不少。 小芹没有一次扔下，一张一张扔下，不然我们也不会追那么远。 火车消失了，我们又追了好一阵。

牌与小芹都重要，这是真的。 的确，在迷茫中牌仍然是一种快乐，一种无法言状的东西。 一年以后我们见到了小芹，无论牌和小芹都已被成长太快的我们忘记。 当然，牌要早得多，很快那副本来就很烂的牌被我们彻底玩烂，变成了碎片。 确切说我们见到小芹是一年零五个月之后，也就是在那个春天过去后又过了一个春天的秋天小芹来到我们院，在午后的阳光中打开尘封已久的门。 院里老人的匣子正在批判《中国》，义正词严。 居然抹黑中国，却又不明白那个叫安东尼奥尼的怎么来到中国的？ 谁请他来的？ 这部纪录片就是这样和我们有着扯不清的费解的关系。 以往的批判都是鲜明的，极易理解，唯独这次像个天外来客。我们都已经上了中学，除我之外。五一子、文庆、大鼻净甚至都已开始上初二，所有人都长高了半头一头，除我。

我们已不认识小芹，但一看就知道是小芹。小芹也不认识我们，从我们身边走过，旁若无人。我们正在防空盖上打乒乓球，星期二，下午没课，就如小芹消失那天。小芹也一样，长个了，不再是辫子而是短发，脖子显得有点长，对一切都不陌生，熟视无睹，好像从没消失过。她们家的门锁显然锈住，她开了半天也没开开。我想下去帮她，开个锁什么的我手到擒来，是我强项，可那时我正在房上玩扑克牌的碎片。还是她自己开开了，一股灰尘飞出来，她毫无感觉迎着进了屋，掸都没掸一下。但进去后把弹簧顺手卸下，打开门放空气。她不是不敏感。她穿了一件稍短的瘦削红黑格子上衣，下身国防绿裤子，遮住脚面，背着军挎，自行车后座夹着一个棕色有拉锁的手提包。车是八成新永久二六，支在门口。说不上她从哪儿来，不像外地，也不像北京。

小芹失踪后她爸妈连着来了两次，一次为小芹，一次是前来奔丧，相隔不到三个月，从新疆来可不是容易的事。让我们惊讶的是两次小芹父母穿的是军装，领章帽徽，四个兜。彼时全民皆绿，但真国防绿很少，有也只是两个兜，下面空空如也。四个兜可不一样，馒头扣都比两个兜大一号，我们分得可清了。而且四个兜神秘在于连级到军级都一样，连毛主席都穿的一样。不过小芹父母来自偏远的新疆，我们的惊讶有点折扣，要是北京不得了。另外两人都戴着白眼镜，像兄妹，连神态都像，和解放军简直无关。所以关于小芹我们还是那句话：她没和我们在一起，那天我们去铁道没有她，不知她去哪儿了，和我们对小芹姥姥说的一样。谎言有个奇妙的作用，一旦说出，特别是集体说出就会连自己都相信，会变成石头，我们因此从没怀念过小芹，一分钟都没想到过报案或找铁路上的人报告，五一子收走扑克牌后便提出小芹没和我们在一起，不知道小芹去哪儿的谎言，心里的石头一下落了地，一致赞同。小芹在这一刻真正消失了。我们统一了口径，攻守同盟，五一子使劲扔出一颗铁路上的砾石，挥舞着好像一下长大的拳头说谁要是说出去，他绝不放过，会整死他。

"对，"我们随声附和，"整死他！"好像说的不是我们自己，一路上大家越来越高兴，越来越振奋。小芹姥姥定时炸弹的巨响让我们第一次觉得可笑，全不当回事，也没有四散奔逃。

小芹姥姥骨碌骨碌转皮包骨的眼睛，不相信我们所说，我们的异口同声事实上反而暴露了我们在撒谎，街坊四邻其实也都听出来了。

"好啊，你们说小芹是不是给火车撞死了？ 是不是？ 是不是？ 我告诉你们，小芹被撞死了你们谁也别想跑，都得给我偿命！"这当然是气话，恶狠狠的话，威胁的话，但并不老让人相信的话。 这么说痛快，不过验证了自己过去所教训的。 但是当小芹真的没出现，我们的谎言由于不断的重复完善，越来越像真的，越来越具体，越来越无情，小芹姥姥收起了嚣张。

"真没和你们在一块？"一脸惶惑，眼睛可笑。

"没有，真的没有，真没有，向毛主席保证没有。"

"我们出门时还看见她，她往另一边走了。"大烟儿说。

"她去菜市口照相馆了。"最可信的文庆说。

"是，是，是。"

成功，是我们最成功的一次，小芹的消失甚至成为我们高兴之源。 直到小芹姥姥夜晚撕心裂肺的哭号才让我们的心一紧，但也很快就过去了。

"小芹，你个死嘎呗儿的，你上哪儿去了，你还不给我回来，你说你到底跟他们去没去，是不是撞死了，你去哪儿了呀，我怎么向你妈交代呀……我不活了……你快回来吧……回来吧……"一夜哭号，寻死觅活，非常恐怖，但直到三个月后才死去。

不是残酷，不，这是事实。

三个月后小芹父亲再次问到小芹，找了我们每个人，并保证不把我们讲的说出去。他们本来就做保密工作的，让人特别可信，可我们也在保密呀。我不知道别人说出没有，反正我没说。我相信大家都没说。如果说上一次小芹父母来我们还能看到他们白色眼镜片后面的那种怀疑，那种静默让我们的心还怦怦跳，那么三个月后我们在他们的眼睛里什么也没见到，特别干净，因为我们干净。

小芹插队的姐姐也来了，还有新疆黢黑的弟弟，全家人都带着外地人的颜色，边疆诚实的风霜。新疆的风霜和内蒙还不同，新疆的脸更暗一些，连男孩都旧，反倒是靠东北的内蒙的风霜十分鲜亮，好像秋梨与苹果。全家人一样的是：都没什么悲伤，我们觉得至少红苹果似的姐姐应当大哭一场，眼圈儿是红的，但是没有。他们处理了房间大部分东西，临走上了一把大锁。没必要那么大锁，好像科研成果。

要不是小芹旁若无人的样子，我想我们会很惊喜，但她的神态提醒了我们。我们惊讶，但无话可说。而且今非昔比，我们都不是孩子，都长大了甚至有点走样儿。大烟儿像刀螂，大鼻净湿糊糊的面积更大了，小永唇上起了一层茸毛。变化最大的是五一子，更像马了，说不清脸更像还是手臂更像，总之所有人都有点牲口的特征，何况他们现在都是我哥哥的徒弟，每天晚上跟着我的流氓哥哥举重，劈哑铃，盘杠子，个个表情生涩。小芹进进出出，收拾屋子，晾被子、毯子、枕头，到水管子处打水，从我们身边走过，我们对小芹慢慢收起好奇，像看陌生人一样。

"够牛逼的。"大鼻净湿糊糊地说。

"那裤子估计是她爸的。"文庆说。

"傻逼，她妈的。"大烟儿内行地说。

"操，你才傻逼，"文庆说，"我还不知道她妈也是解放军？可你瞧那裤子绝对是她爸的。"

"你们傻逼，国防绿不分男女，都是男式。"

声音就在小芹身后，尽管压低仍会让小芹听见。倒是五一子一直没说什么，像马一样的沉默，马一样的目光凝视着小芹。至于我，我在房上，我的样子倒是和下面也有一种呼应。虽然当初主要因为我锁门才出的事，我的责任最大，但我又是无法怪罪的。我干了什么别人都不奇怪，因此我可以跟小芹打招呼，问这问那，毫无障碍，但我也没动。

倒是院里的爷爷、奶奶、大爷、大妈见了小芹格外惊讶、亲热，问这问那。小芹对他们倒也正常，露出我们熟悉的淡淡的笑容，回答了我们遗忘已久不可思议的问题。回答得十分轻松，小芹到了新疆见到了父母，并且早就见到了。这还不算，不久便又和父母一起回到北京。这些变故早就发生过了，只不过我们一点都不知道。

小芹不用成心，很自然就戳破了我们当初的谎言，我们院大人都知道了小芹原来是和我们在一起的，一起去的铁路，老人们眼珠不动了，困惑多皱的脸与其说是惊讶不如说是麻木，瞪着我们也瞪着小芹一动不动。小芹说她一直想去找父母，那天正好就去了。正好我倒没想过，可我一直认为她的确可以跳下来。只是再蠢不过的五一子他们竟然好像没听太明白小芹的话，我不知道五一子他们这会儿的聪明劲哪去了，逢到真正需要智力时五一子的脸与晒黑的手臂、膀子、大腿没什么区别。

小芹在西城月坛北街铁二中上学，搬到我们院并没转到附近的四十三中，她骑着男式二六车每天早出晚归，饭还是在西城的家吃只是住在我们院。她干吗搬回来住谁也不知道。肯定不是为了我们或街坊四邻。她有时回来得早，下午没课中午一吃过饭就回来了，晚上吃剩的。我们胡同好多人也认识小芹，但也像我们一样对她感到特陌生。除了凡人不理，肥大的国防绿裤子、二六车也特扎眼，彼时没中学生骑车上学的。还有军挎，刘胡兰式的短发，和所有人都不一样。肯定有人拍她（拍婆子），只是不知道什么人能拍她。反正我觉得我们这片人都没戏，也就朝她瞎吼一嗓子。

他们都觉得五一子有戏，毕竟过去关系不错，便鼓动五一子。但五一子一见小芹就脸红，真的像马一样出汗，和谎言没关，小芹事实上也并没在乎，就是一种畏惧，正如小芹当初扒他裤子的畏惧。五一子都不敢，大鼻净、大烟儿、小永都不敢，干脆完全放弃，就像完全不认识小芹。

有一天我敲开了小芹的门，我早可以这么做。与别人无关。那天我和猫、鸽子相隔不远坐在房上,她推着二六车进院,不知怎么向上瞥了一眼,并没与我相视便过去了。通常谁进院也不向上看,谁都是低头看门道、脚下,或平视,反而我可以看任何人。她中午之后回我们院多在周日,有时周六。偶尔星期一、星期三,这两天全天都有课。而那天是星期三,所有人都上学去了,她的黑红格瘦削上衣划破阳光,瞥了我一眼后穿过防空洞盖、小厨房过道,屋门口支上车,没锁车,掏出钥匙开门。她的短发真的不是圈子式,很阳光的。

当然,她见了我还是很惊讶,如同我对她房间的惊讶:房间竟然如此简单。

"有事吗?"

"没事。"

我到她的腰部,她的惊讶有拒绝的内容,但是随着俯视地打量,慢慢缓解下来,一贯的表情消失了。我的惊讶稍长一点,房间只一张桌子,一把椅子,几块铺板,一点生活用品。以前的八仙桌、太师椅、自鸣钟、大黑柜都没了。四壁空空,桌上有课本、笔、作业、书包,几本没皮的不知什么书。墙上的主席像、窗台的石膏像是过去的。

"你不上学了?"她先问了我个问题。

"我想知道,"我单刀直入,没回答她的问题,"你有三个月时间没找到你爸妈,到哪儿去了? 怎么找到了新疆你爸妈? 还有,你那天说正好,真是正好吗?"我说:"我不会对别人说的。"

憋了太长时间,尽管我的问题多,但我觉得她应该回答我,因为她应该相信我,凭我每天坐在房上。 结果事实的确不简单,她看到铁门锁了,希望把大家都拉走,结果都跳了车。

"你希望我不跳车吗?"我问。

"不希望。"很干脆。

她不想跳。 爱拉哪儿拉哪儿,她当时就是这种感觉。 她承认以前想过藏在尾车去新疆,但也就是想想。

"可你明明说那天就想去。"

"就那么一说。"

"真的不怪我?"我问。

她没说话。 我讲了那天为什么锁门,关上门很好玩。 你们玩真的牌,关上门好像开会。 也真怕有人来,好不容易有一副真牌。 我并没把门锁死,很快就打开了。

"你要打不开我就跳窗户了。"

我们有一句没一句聊着,都没坐,靠在空荡荡的墙壁上。上面是毛主席去安源像,我离得远,她顶到了。对面是落满灰的石膏像。一个在外面封死的窗台上,里面可放东西。

"你一个人在车上不害怕?"

她没回答,将我赶走了。她这人很没准儿,不知哪句话就惹着她了。我们聊得还行,甚至有点像朋友,但她依然对我们的"友情"没任何顾忌。另一次同样的场景,还是靠在空墙上,她回答了我上次的问题。她说她一点都不怕。我觉得她没说实话。她说她觉得火车说不定会把她拉到新疆她爸妈那儿。这感觉不错,干吗要赶我走呢?

她睡着了。火车半夜停了,上来一个人。一个提着信号灯的人把她照醒了。这是个煤矿小站,押车员是个好人,答应帮她找车去新疆。她的运气可真不错,一上来就碰上了好人。我们这些常在铁路上玩的人对押车员并不陌生,大多脏兮兮的,叼着烟,歪戴帽子。不过我还是愿意相信她的话,碰到了好人。外地和北京可能不一样。

小站叫阳泉,已是山西地界,我们对山西不陌生,院里好几个插队的哥哥姐姐都在山西，我们甚至还听说过阳泉。押车员是位大叔，小芹坐的是拉煤的车，拉煤的车一般都不去新疆，押车大叔说只有拉石油的车才会从新疆过来过去，得等拉油的车。再有就是坐客车。新疆可是远了，什么车到新疆都得一个星期。客车要很多钱，最好还是拉油车。大叔有办法，铁路上有很多朋友。

"那你怎么那么长时间才到新疆？"我忍无可忍。

油罐车不是天天有，她在大叔家等。

"你住他家了？"我吃惊地问。

"是呀，怎么了？"

居然没把我赶走，我有点庆幸。小芹的脸上写着一切费解的不可思议的东西，一些即使不真真假假也是费解的东西。阳泉站在一条大沟里，四周是黄土，押车大叔还不住在大沟里，住在另一条枝杈的沟里，人家不多，散散落落着一些窑洞。窑洞我觉得很正常，院里插队的人也都住窑洞，听说冬暖夏凉毛主席都住过窑洞。押车的个子不高，戴着一顶新的蓝帽子，那帽子蓝得就算在北京的大街上也难找。但我对那么蓝的帽子感觉并不好，有点不祥之感。小芹讲话就有不祥之感这个特点。小芹说大叔有口音,但是能听懂,有老婆孩子。

我一下放心了。

我一高兴,小芹又把我赶出去。

押车人的老婆是个盲人,但他女儿眼睛明亮。女儿十一岁了,没上过学,是妈妈的眼睛,帮妈妈干家务活。女孩想上学,有本、铅笔,自己有时写写画画。小芹说她还教了女儿写字认字画画,画青蛙和小鸟。小芹在窑洞住了一个多月,没等到新疆的油罐车,每天帮盲女人和小妹编草编。这哪是小芹干的活,可小芹不仅干了还干得非常麻利,出活,荆条没了还到塬上去割荆条。盲女人和小妹妹和她一条心,三个人加劲干,小芹说着说着眼睛红了,把我赶走了。

编草编挣车票钱?即使不是胡说八道也差不多。说好的油罐车呢?两个月都没一趟?就算攒车票钱,一个运煤小站怎么可能有客车?如果一切都是子虚乌有,押车人是个大坏蛋,小芹怎么不跑呢?押车员来来去去,小芹完全可趁他不在家逃跑。但是好像没有,她竟然还叫他大叔。我在房上和众多麻雀在一起怎么也想不明白。真有盲人老婆?我用小石子投猫,猫连躲都不躲,毫无反应,躺在房脊上睡大觉。投向鸽子,鸽子飞走了,又飞回来。再投。我站起来大黄猫才懒洋洋伸了个懒腰,跳下屋脊,走了。

另外,就算一切都来真的,问题是再怎么说也三个月呢,她怎么过的? 但我再怎么单刀直入也没用,被赶出来多少次也没用。她说了能说的,自相矛盾,她说押车大叔在另一个城市把她送上火车,这是对的,但另一个城市是什么概念? 忽然想到她为什么总是穿肥大男式的国防绿裤子? 几乎没见她换过,能感到腿在里边逛荡,一阵风刮过来时就像旗子裹住了旗杆。安全是安全但不也很扎眼吗? 这一片的玩主都比较土鳖,不敢怎么样,铁二中那边就难说了,听说铁二中有许多响当当的玩主,我总是在房上不由地想象小芹在铁二中操场走过的样子:昂首挺胸,短发一动不动。

有一次我问小芹想她姥姥不,按理这事完全犯不着将我赶走,我不过是靠在墙上没话找话,结果她将我"请"了出去,就是揪住耳朵拉开房门一下将我甩了出去。我的耳朵几乎掉下来。这样的"请"当然不是第一次,而且主要很顺手,稍一俯身即可。但这次与往次不一样,往次通常都很慢,慢慢牵着我送出屋,这次很快。她太恨她那无法言说的姥姥了,过了那么久还是那么恨，完全是雷，不能碰这话题。 我从没偷窥的毛病，但那次的哭声——呜呜的深长的大哭，让我踮起脚尖看到雨一样的她。

她想姥姥？

我从没见过神情那么混乱的脸。

我在房顶上看着太阳落山。 越过海浪般的房顶，北京真的是可以看见山的，而不仅仅随口一说就是落山。 那时的北京西边只有工会大楼、民族饭店、民族宫几座高层建筑，站我们院一马平川都看得见，像在海上看见个别轮船一样。 金色哨音的鸽子不断掠过前方，整个房顶都是金色，哨音让我抬头，猫也在仰头，像我一样慢慢摆头，我的眼睛毫无内容，但猫不同，永远是警觉的，你能从它的眼睛里看到什么。 警察的出现最初在猫眼睛中，一动不动，跳了两下又不动了。 我其实并不特别意外，真正意外的是小芹的"罪行"。

不是警察来找到的小芹，而是小芹带着警察来到我们院。 一共三个蓝制服警察，长得都一样。 一个就够了，不知干吗要三个。 小芹垂着头，短发有些乱，挡住了部分眼睛。 没戴手铐，两手仍交在前面。 此前在哨音中我已听见摩托车声，当然不知上面坐着小芹。哨音由远及近，掠过屋脊，摩托车突然停下，还突突响了一会。我立刻随着猫越过房脊跨到临街一边，两个警察押着小芹已进院，还有一个警察锁车。车是跨斗摩托，俗称跨子，就是后来在二战影片里常见的那种。

三个完全相同的警察随小芹进了屋，很快出来了一个，外面警戒，也像二战电影。打火机"啪"地一声点烟，很帅，长长地朝我们院上空吐了口，看见我立刻警觉地摸什么，随后撇了下嘴角。我们院男女老少都出来了，没人敢靠前，吱一声，问声怎么回事，倒是也都不是特别意外。没多一会儿小芹出来了，头更低了，并且惊人地戴上了手铐。

《曼娜回忆录》或者也叫《少女之心》。这个让我非常意外，怎么也想不到，我觉得也不该，她做出什么我都理解，唯独这事不可思议，抄什么不行，怎么抄的是这个手抄本？自然没不知道这个手抄本的，即使我这个已放弃学业的整天在房上的灵长类都知道。我记得马脸的五一子还拿到过两页，来到房上和大鼻净、大烟儿、文庆、小永围着一起神神秘秘地看，念，忽高忽低，高时都向后动一下。五一子特别主动地招呼我过来，肯定是冒坏，我太了解他。当我听到大烟儿"表哥的进入了我的"确实,我的脸都绿了,我从没听到那样的术语,力量也就更大、更惊人。 五一子看着我哈哈大笑,并低头看我的裆。 那破破烂烂的两页纸不是作业本,是信纸,有红线格的那种。

小芹抄的是全本,家里竟然还有一本。

铁二中看来就是不一样,我们这片就是几张纸,大家瞎抄来抄去,要抓得有好多人抓起来,但好像一直没什么事。 抄整本就不同了。 小芹留给我最后的印象就是她戴着手铐低头走的样子,永远停在了这一刻。 而且这次还不像上次,小芹出事后她们家的房子易主,房管所调配来了新的住家,一对在琉璃厂荣宝斋工作的老夫妇,膝下一女,据说是抱的。 我们以为老头与小芹家有点关系,结果一点关系没有。 关于小芹传也是瞎传,有的说小芹判了三年,有的说五年,也有的说是强劳,反正差不多。 我们之中有人骂五一子脓包,说小芹不定被人铆过多少次,五一子早该对小芹下手,如何如何。 我觉得就算小芹像人们说的那样五一子也没戏。 小芹和小芹家完全断了音信,这次我们倒没很快忘了小芹,好长时间都兴奋地谈论,分析得很细,都和性有关。 但时间抹去了一切,时间层层叠叠,时间太长了,想不到四十年后我还活着,镜中的白发完全像雪山一样,或者我就是雪山。

这事没想到没完，小芹的父母现在竟然都是院士，照片都在百度百科上。小芹父母还都是白眼镜，加上白发，一看竟是那么亲切，感觉就是我们院的人，虽然院子早已不存在。费尽了周折。有一天终于打通小芹父亲的电话。小芹的父亲不知道我是谁，我具体描述了当年的自己，然后我听到了小芹母亲的声音。小芹母亲接过了电话，给了我小芹的电话。

这天晚上，我拨通了小芹的电话。

天使

张惠雯

授奖词

《天使》是一次天使式的写作,在高处,目光高而冷。作品体现了高超的用词技巧,只一个词,就把本来庸常的情感和欲望,处理得干净、透明,让人的内部散发出天使般的光芒。

我以为父亲葬礼之后几天,我就能返回波士顿。后来发生了一些事,我不得不修改返程机票,把返程日期改为不定期。

这个小地方也早已不允许土葬了。有的老一辈亲戚出谋划策,就是在偏僻的乡下找个地方偷偷埋葬,但我和我的姐姐、妹妹一致决定本分地把父亲火葬。在葬礼上,她们俩头上缠着白布条,哭得很厉害。我坚决不愿意缠那块颜色发黄、看起来脏兮兮的具有表演性质的白布条。我也没有大哭出声。大概在别人看来,我这个唯一的儿子冷酷无情。

父亲火葬那天下着雨。不算是大雨,但足以把小城的街道弄得泥泞不堪。我不明白这地方为什么有这么多的土、这么大的灰尘,只要一点儿雨,路上就形成泥水坑。我父亲八十七岁了,他走得很平静。但当他的身体被推进那个焚化炉里的时候，我还是忍不住流泪。他就这样永远地在世间消散了，他的肉身没有了，我再也看不到他的任何有形的部分了，哪怕是尸体……那是一个与自己之间有血肉联系的人行将消失的可怕的空虚感，一个人往后的生命里永远无法填补的空洞。母亲早在他走之前好几年就走了。所以，我们现在都成了孤儿。

这次回来，姐妹对我的态度和以往不同。我原以为是因为父亲故去带来的打击，后来我发现那其实是一种戒备。葬礼后不久，她们开始谈她们所担心的事情了，那就是父亲留下的那套房子。老父亲是个古怪的人，我们谁都不知道他生前竟写过一封遗书，那是在我母亲去世后不久，他把遗书交给我们的一个表姑秘密保存。他这样做伤透了我姐姐和妹妹的心，因为这表示父亲并不怎么信任她俩，尽管在母亲亡故后，是她俩在轮流照顾他。在这份遗书里，父亲交待了遗产分配，他的存款由我姐姐和妹妹平分，房子则由我负责处理。如果我决定售出房子，那么房款的一半归我，另一半由姐妹俩平分，如我决定不出售，则由我管理。父亲生前大概觉得这份遗书把他的财产分配得很合理，但我姐姐和妹妹却不这样认为。她们说父亲看病尽管有公费医疗，也花了不少他的存款，所以他的存款所剩不多。此外，她们尽管很想委婉地表达但最后还是相当直露地指出，父亲卧病这两三年，我人在美国，只回来过两次，根本没有出力，因此房子出售的一半钱归我是不公平的。我觉得她们俩说得没错，我没有为父亲做什么。在他卧病后，我仅仅是每年回来看望他几天，寄过两次钱，用于给父亲请看护，这都不值一提。我本来是感激她们俩的，但我现在终于理解了她们对我的那种戒备态度，不过是因为父亲的一点儿遗产。

我想，在这样一个充满是非、把蝇头小利看得胜过一切的小地方，她们终究也变得庸俗了。她俩已是一副中年妇女的样子，这倒不完全是年龄或容貌的变化所致，而是她们说话的碎叨、对鸡毛蒜皮事情表现出的过分热情和大惊小怪，还有神态里那种木然……还应该提提她们俩的丈夫。那两个一高一矮、一胖一瘦的毫无和谐之处的两个人，在父亲葬礼期间的每个夜里，倒是高度一致地做着同样的事情：兢兢业业地计算着礼钱收入，做清晰的账务分隔。当然，他们也没有错，因为这些人来送礼就是因为他们过去给人家随了礼。最后，一切事情，不管是丧事还是喜事，都主要变成一种运算，关于礼钱的收支是否平衡的运算。

我滞留下来，就是因为那份遗嘱。我需要按照他们的要求去做法律公证，明确表示自己放弃父亲遗书里所给予的房产继承权，接下来又会有一套有关房产权转移的相关法律手续，可能会需要我本人在文件上签字。而在这个地方，每一份文件都不是容易到手的，一份文件、一个表格，都需要找熟人、托关系才能获取。

我仍然过着日夜颠倒的生活。午夜到凌晨这段时间，我会打开电脑处理一些公司的事，我能得到那边即时的回复，这样竟会让我觉得好一点儿：我还有另一个世界。至少，在夜深人静的时候，我是一个人。我的心终于能从周围这嗡嗡作响的、紧紧捆绑住我的空虚里解脱出来。没有活儿可干的时候，我还能回想一下父亲。想象着古怪的老头儿独自坐在他那栋小单元楼里，戴着他那副老是滑到鼻梁上的、样子朴拙的黑框老花镜，在一盏黄光灯泡下面，用钢笔写着那份引起争端的遗嘱。他得不时停下来，想到有关自己的死亡的事情，而他不久前刚死了老伴儿。想到他那副样子，我有时忍不住落泪。这个古怪的老头儿，他可能偏爱着自己的儿子而不自知，我们一直在某些地方很像。

有一天，我走在街上，遇见一个高中同学。他惊呼着我的名字跑过来，而我一开始并没有认出他。他做了自我介绍，这才多少唤起了我的一点儿时印象。他很惊讶我回老家了竟没有通知老同学。我告诉他我父亲去世了，我是回来奔丧的。他又诧异这么大的事儿，我怎么没有联系老同学去帮忙。我明白他说的"帮忙"是凑人场、送礼钱的意思。他不知道我最怕的就是这个，就是我的姐夫或妹夫会算好账、拿给我一沓钱，告诉我说：这是你的朋友送的礼钱……那就像站在逝者的亡魂旁边数钱。

我们站在街头，他热情地加了我的微信。我以为事情就这样过去了，但到了当天晚上，我发现我被拉进了高中那个班级的同学群。那位热心同学未经我的允许就宣布了我父亲过世的消息，我不得不应对来自我难以回忆起来的不同友人的不同慰问，并且一再强调，葬礼早已过去，大家不需要帮忙。我后悔对人提起父亲去世这件事，怀念死者只能是一件孤独的事，但人们执意要把它变成一场公共的热闹。然后，又有人要策划一次聚会，欢迎我回家。我以心情还未恢复、仍有很多家事要处理推辞了。这样没完没了地说着客气和推脱的话，直到深夜。

而就是在这么一番烦乱后，我收到她的微信加好友的要求。我竟然没有想到她也会在这个群里、会看到有关我的消息！也许我从来都觉得她和别人不一样，仿佛她存在于另一个空间和时间的维度。

我再次见到她的时候，她已经没有那种让人心惊的美丽了。我没有轻慢成熟女性的意思，但这种"惊心动魄"的美，通常是在女人十分年轻的时候才会有，像但丁的贝亚特里奇、彼特拉克的劳拉，像虚构的亨伯特的洛丽塔……因为这种美必然不是什么复杂的、需要经验去玩味、揣摩的，如现今所说的"魅力"这样的东西，而是极纯粹、直接的美，它会一瞬间击中你，让你站在大街中间失神。

当年，我第一次见到她，就是这样的感觉——仿佛被雷电击中，可怕的、从未有过的剧烈震动，一场在内心最幽暗的深处引发的、不可见的爆炸，具有某种颠覆性，似乎一下子把你过去的什么粉碎了。后来，当我听到有人对她妄加评论、竟觉得她不够美的时候，我心里就燃起阴沉的怒火。震动之后是可怕的怅惘，让我在每一个她出现的场合都以各种伪装的方式注意她同时却避免接近她，又让我做了一些傻事，譬如晚上放学之后骑自行车跟踪她，最初是跟踪，之后仿佛是自觉的护送。那时候的人多么羞怯！她知道我在后面送她，而我也明白她知道，但我们自始至终没有停下来说过一句话……而这样的痴迷注定得不到回报。我们唯一一次算得上亲密的接触，就是高中毕业后，班里考上大学的几个人在一个同学家聚会。大家放开了，聊到很晚，女同学们也喝了点儿酒。她大概从没有喝过白酒，坐在沙发的一角，昏昏欲睡，脸红得像桃子。她穿着无袖的长裙，两手交叉环抱着双臂。我本能地理解那是怕冷的姿势。我不知怎么鼓起勇气，在那么多人面前，找到一条毯子搭在她肩膀上，然后在众人的侧目中匆忙走开。那天夜里，我再也没有靠近她、和她说一句话。这就是我和她之间的故事，我的初恋，我年少时笨拙、无望的追求。

那天凌晨，我加上她之后，她没有回应。我想她大概发送加友请求后就睡了。我一直把手机握在手里，后来，我把它放在枕头下面，每隔几分钟拿出来看一次。如果一个人长久地渴慕过另一个人，而突然得到她的眷顾，他才会明白这样一种焦躁，明白我为什么根本不可能睡觉。我感到我们肯定会见面……我开始想象她现在的样子，尽量把她想得老一点儿，以便我见到她时不会因为现实与记忆中的落差而过于失望。骨子里，我一直是个悲观、保守、谨慎地避免自己受到伤害的人。但无论我怎么试图"改变"她，她仍然还是那个样子，尽管"那个样子"其实已经相当模糊。

我不知道究竟是什么时候睡过去的，但那样的睡眠里也充满混乱的思绪，如同半醒着。第二天醒来，我终于收到她的回复。我们短信聊了一会儿，我才知道她住在另一个更大的城市，距此不远。我的心几乎凉下来。但这时她非常客气地说（我甚至能感到她写这句话时的不安），她碰巧有点儿事需要回老家一趟，她已经坐上火车，一个多小时以后就到。她说：如果你有空，我去看看你。

接下来，我做的事情是收拾房间，把脏衣服全都包起来藏到箱子里，把床铺好，把窗帘拉开，让光线不至于太暗也不至于太亮。然后我洗澡、刮脸、给头发上发胶，用开水反复冲洗茶杯……我定了闹钟，尽量平静地把这些事情做好。但我知道我的手臂在微微发抖，我的双腿一定要走个不停。我就像个发高烧的人，几乎是在精神恍惚的状态下机械性地做这些动作。高铁站离这个小城大约半个小时车程。我发信说我想去接她,但她拒绝了。她在短信里推翻了最初发给我的那条"碰巧"回家的信息,说她这次回来不想让任何人知道,也不想告诉家里人。我盯着那句话看了很久,很多年前的不可理喻的预感又回来了:我和她早晚会在一起。

她不让我去酒店大堂接她,也许不想让任何人撞见我和她在一起。她站在房门外面的时候还戴着墨镜,但她进来随即把墨镜摘掉了。我这时才发现我之前悲观的想象多么可笑:她脸上并没有明显的皱纹,头发也还是黑的(虽然极有可能染过)。但显然,她和以前不一样了!一个女人开始走向衰老,她不是即刻变得皱皱巴巴,而是那些形状好看的眼睛、眉毛、嘴唇犹存,但那层夺目的光泽没有了,像一朵花干枯了,失去了它难以形容的、魂魄般的润泽。不过,那仅仅是最初的失落,就像往昔的印象猛然撞到了现实。但只要她坐在那儿,只要你们开始说话、悄然观察对方的眼神、接近对方的声息,你又会在她身上慢慢发现过去的那些东西,那些东西一丝一缕地拼凑起来、一点点地发出光亮,每一点光都慢慢地照亮你往昔记忆里的某个部分,而这光亮又因为隔着时光的雾霭往往带给你某种令人心碎的、更为复杂的情绪。总之,你又会一步步地陷入记忆钩织的温柔的、感伤的陷阱。后来的事情证明,就像纳博科夫所写:"她会凋零,她会萎谢,但我不在乎。只要看见她,万般柔情仍会涌上心头。"

我们并没有多少生疏感需要克服。她一放下手提包,我就帮她脱去长羽绒服,就像我一直是这么做的,熟门熟路。我满怀怜爱地抱着她的衣服,把它挂在衣柜里。然后我立即拿出一双新的一次性拖鞋,跪在那儿帮她脱掉她的黑色高跟皮靴,让她可以穿着拖鞋、舒舒服服地坐在靠窗的那把圈椅里。而她也没有生疏的样子,当我做这些事的时候,她只是微笑地看着我。她笑得有一点儿羞涩,又有一点儿意味深长。最后,她说:"你也坐下来歇歇吧。"我才意识到我此刻是站在她面前的,像个垂手伺立的仆人。

我在她斜对面那张沙发上坐下来。我们彼此看看,又转开头看着窗外灰蒙蒙的街景。我的房间在十一楼。还好,落地窗对面并没有高度等同的建筑,因此,没有人会在我们对面或斜对面,得以从某个角度窥视我们。在这个小地方,十一楼就是俯瞰其他一切的高度了。从我们的窗户里只会看到不远处那些五六层的楼房以及一些更低矮的建筑的参差的房顶，那些裸露的水泥楼顶邋遢、粗陋。 往高处看是被称为"天空"的一片浑浊的灰色，没有一丝缝隙，没有一片云。

我们谈到我在美国的生活，其实也没什么可说。 她问我是否可以看看我妻子和儿子的照片。 我从手机里存的图片夹里翻找出来几张给她看。

她说："很多人会把家庭照或夫妻照当手机壁纸。"

我暗自惊讶她竟会注意到这个，要知道我挺讨厌那些秀恩爱的男人。 这当然可以理解为我的酸葡萄心理，我也没有爱可秀。 但我还是忍不住怀疑那些和我一样结婚将近二十年的人在秀恩爱时是否真诚，毕竟"姿态"都是我讨厌的。

我说："我过去会把我儿子的照片设成封面。 但他已经长大了，我确定他并不喜欢我这么做。"

"他几岁？"

"快十三岁了。"

"还那么小！ 我女儿过了年就要准备高考了。"她说。 接着她给我看她女儿的照片。 那个长脸、眼睛细小的女孩儿，一点儿也不像当年的她。 但在父母眼里，孩子都是英俊、漂亮的。所以我夸奖了她女儿，就像她刚才夸奖了我儿子一样。

"那你结婚很早。"我说。

"你不知道吗？在小地方，一上班就会被家里人催着结婚。我大学毕业后第三年就结婚了。现在想想，我毕业后根本不应该回来。如果知道过成现在这样，我无论怎么都会留在杭州。"

"现在这样？"我问，希望她多说说她的生活。

她笑笑，不打算回答我的问题。

我问到她的工作。她说她大学毕业后在市地税局工作，但早已经不上班了。她丈夫开了一个家具厂，一开始她在厂里当会计，但现在业务多了，雇了别的人，她就待在家。

"从你进来，我就知道你过得不错。你看起来气色很好。"我说，试图把话题再次引到她的家庭生活上。我想知道她的丈夫是个怎么样的人，当然，我希望，或者说我已经把他想象成一个庸俗的小财主，根本配不上她。

"是因为我提的那个包吗？"她问我。

"一部分是。"我说。我的确注意到了她那个带着闪亮金属标志的香奈儿皮包。

"还是因为我的化妆、衣着？"她继续追问。

"是整个人的感觉,感觉生活优越,是个阔太太的样子。"我带着开玩笑的语气。

"阔太太?"她睁大眼睛,然后懒懒地摇摇头,"零花钱还有一点儿,但我一点儿也不喜欢当什么阔太太。我还是喜欢过去,没有什么钱,但心里干净。上学那会儿真好。"

我看着她,她看上去平静,甚至有点儿淡漠。我想,她到这儿来找我,大概就是因为这种怀旧的心情,因为随着时光流逝、世事纷扰,她意识到"上学那会儿真好"。但上学那会儿真的好吗?那为什么我不得不痛苦地按捺我的爱情,不得不沉默?好的只是过后想起来的那种青春的感觉,在当时,很多东西却是自己无法控制的。如果我是在另外的时候遇到她、那么热烈地爱她,我或许就知道该如何得到她。

水开了,我起身冲了一杯奶茶(酒店配备的唯一饮料)拿给她。她穿着质地轻柔的毛衫,青色,高领,黑色的紧身裤,及肩的长发尾部烫着柔软发卷。她和那时候不一样了,那时她那么清纯,让人看了想为她自杀;现在她成熟、散发着女人的香味,一股暖烘烘的世俗的气息……而无论怎样,她还是那么让我着迷。我整个身体是紧绷的,我知道我看起来既愚蠢又僵硬。

而她悠闲地坐着，等着我为她服务，像我的主人。的确，她曾经是、现在又成了我的欲念的主人。

接下来，我们说到我父亲的去世。我毫无保留地把我的烦恼告诉她。除了她，在这个地方，我还能和谁说这些？

"也不要怪她们。"她指的是我的姐妹。"在这里，人都会变成这样的，百分之九十的人都逃不过。譬如我，你不是说我变成了庸俗的阔太太吗？"

"我不是那个意思。你和那些庸俗的阔太太没有一点儿关系。我只是说……"

"好了，"她温柔地制止了我，"我明白你的意思。"

她说她从群里听说我父亲去世这件事以后，就决定马上来看我，她能想象得到我心里多难过。

"很难过，说不清的感觉……像是童年，很大一部分过去随着他被焚烧了，消散了。"我说。

她这时伸出手，轻轻握了一下我的手。我的眼睛立刻湿了。

我感谢她，说她能来我觉得特别温暖。

"你还记得过去我做的傻事儿吗？"我问她。

"什么傻事？"她问。

"对你做的傻事。"

"记得啊。"她说，低下头喝茶。

我们沉默了一会儿。

"那天晚上，你还给我身上披了一条毛毯。"

"你能记得……我觉得很感激。"我知道这个词并不恰当，但我想不出别的。

"但是毕业以后，你就消失了。"她又说。

"我知道我没有希望。"我承认。

"那时候大概真的没有希望，"她笑笑说，"我那时候一点儿也不想恋爱。"

"我昨天晚上几乎没有睡着。"我说。

"为什么？"

"因为你加了我，我太激动。我完全没有想到会这样和你联系上。"

"对你来说，我还有这样的吸引力？"她调皮地说。

"当然，如果你不来找我，我肯定也会去看你。"

"但是我先加的你。"她强调。

"我没有想到你会在那个群里,你没有用你的名字。如果我知道你在、离我这么近,我就会去找你。"

她放下杯子,踌躇了一下,说:"这几年,我常常想到一个问题,就是如果我当初和你在一起,也许会比现在幸福。我现在很明白了,你是真正爱过我的人,是唯一一个。"

她似乎想对我笑笑,但最后没有笑,只是温和、若有所思地看着我。我像是得到了某种召唤,过去跪在她面前,把脸伏在她的膝盖上。她没有推开我,也没说什么。过一会儿,她的一只手垂下来,温柔地摩挲我的头发。

"我觉得这里太亮了。"她说了一句。

而在那之前,在我的印象里,我们一直待在一个光线昏暗、仿佛烟雾缭绕的空间里。我站起来,打开写字桌和床头的台灯,然后拉上窗帘。昏暗、柔和的光布满房间。在这个极其封闭、狭小、温暖的空间里,摆在我们面前的一切变得清清楚楚。

如果不是某种不可抹去的迹象证明她的确来过、和我共度过大半天的时光,我大概会怀疑她的造访只是我在极其烦闷、寂寞的时候做的一个情色梦。

她非常灵活，善于做爱，这起初让我惊讶，但当我进入了那个美丽的深渊、跟上她放纵的节奏时，这又让我痴迷。她的身体已有了最初的松弛迹象，但十分柔软，像质地柔腻的面包，又像熟透的水果。它散发出一种让人堕落的气味，混杂着一丝末日般的腥甜。我们像两个极其饥渴的人那样连续干了两次。后来，她希望我抱着她睡了一会儿。她大概用手机定了闹钟铃，我是在一阵刺耳的、令人惊慌的闹钟声中醒过来的。醒来后，我发觉我睡了这些天来最深沉、最安恬的一觉。她伸出赤裸、圆润的胳膊去关手机闹钟，说她再躺五分钟必须走，但我又像个粗野的无赖一样压到她身上。我们交织在一起，直到时间又过去将近一个小时……这真是让人上瘾，我从来没有想象过我的身体能够应对一个下午性交三次。我和我妻子恋爱时也从未这样疯狂。至于现在，我们一个月也懒得摸对方一下，我们把这解释为身体的自然退化。我现在明白我可能从没体会过真正的性爱的乐趣，那并不是随便从哪个女人身上就能得到的。爱情和性欲结合得密不可分，这大概才是世界上最奢侈的快感。

不管我说什么，都没法留她共度一晚。她坚持要回家，她的女儿或丈夫大概在等着她回家。我猜想他们习惯她在家里，尽管他们可能并不需要她。傍晚以后，没有高铁从附近经过，她说她包一辆出租车回去。她不让我送她出去，甚至不让我走出房间。我说"不会有人看见我们的"。她说有人已经看见过她，难道我不知道这楼道里、电梯里都布满摄像头吗？而如果我们一起去大厅，很可能会遇见一个"熟人"。我发觉她很谨慎，但她的想法很可能是对的。在这个小地方，"熟人"存在的意义似乎就是在不该撞见你的时候撞见你，然后散播有关你的谣言。洗过澡，她穿上她的每一件衣服，开始收拾她的东西。她要出门时我突然感到一阵恐惧，紧紧拉住她的一只胳膊。"我还能见到你吧？"我问她。她看起来有点儿茫然，很快她冲我笑笑，亲了我一下，不置可否地说"会吧"。然后，我被独自遗留在房间里。

我吃了一些零食，然后躺在床上想着她，我给她发了一条信息，希望她到家后立即给我发一条信息。我毕竟太疲倦了，昏昏沉沉地睡着了。我半夜醒过来，第一件事想到的就是她。我打开微信，发现她并没有回复。我想念着她。这种想念和我高中时候渴慕的痛苦不同，尽管它同样噬咬你的心，但它不再是空想，而是具有了某种鲜活、生动的感觉，你能回忆起那美好的滋味，因此它也更强烈、灼烧人的感官。同时，我又像是处于令人晕眩的幸福的顶端。我觉得她如果现在回来，这比世界上一切其他事都重要，值得我抛弃我所有的一切！我也试着自我审视，怀疑自己是不是一个被旧情、欲望烧昏了头脑的失去理智的人。但我否定了这种怀疑，因为我接着开始检视我的生活，我发现，如果我盘查我的生活"资产"，那实在没有多少难以割舍的东西。说到底，我现在的生活在苟延残喘。我妻子并不爱我，她甚至有点看不起我，因为我不是她心目中的"成功的男人"。她对我的态度里有种刻意的漠视。我回来的近半个月里，她不曾给我打过一次电话，她丝毫不关心我父亲的葬礼、我在故乡的经历，也不掩饰这种漠不关心。而我儿子也不再依赖我。他是个修养很好的男孩儿，倒是给我发过邮件问起爷爷的葬礼，但他只在三岁、五岁时见过两次爷爷，已经全无印象。对他来说，这是对父亲的礼貌问候。再过一年，他就会进入私立寄宿学校读高中……我的生活乏善可陈，甚至相当可悲。我现在感到我错过了生活中某种至关重要的东西。这就是顿悟吗？或者这不过缘于强烈的快乐之后必然来到的沮丧和悲观？对于其他人来说，我那个肥胖的、躯壳般的生活，也许就是生活中所需要的一切。

我意识到我只是在和自己争执不休。那么，我应该考虑的是，她是爱我还是仅仅出于恋旧，或者仅仅出于怜悯、要安慰她所认为的唯一爱过她的、刚刚失去父亲的那个男人。对于我们经历过的那么美好的事，她似乎是怀着羞耻的。我们在一起时，她说："你不会觉得我是个送上门的随便的女人吧？"她竟有这样的疑虑。难道在她眼里，我是这么一个感情肤浅的男人，会把她的深情厚谊、她在我失去父亲时给予我的安慰当成艳遇的谈资？在当时，我激烈地否定这疑虑。但我现在觉得我说得不好。于是，我忍不住又给她发了微信信息，告诉她说她是我遇见过的最纯洁、善良的女人，对我来说，她就像天使……我几乎写了一封信，一封情书。她没有回复。当然，那应该是她睡觉的时间。

第二天一整天，我哪儿也没有去，就在酒店里的那家价格宰人而且味道恶劣的餐馆解决了我的午饭和晚餐。我发觉我没有力气，也没有勇气自己走出去。我打定了主意要自我囚禁在这个笼子一样的房间里，直到得到她的回音。我的痛苦比那天晚上独自醒来时更强烈、尖锐，回忆里的那天下午的快乐更像是炫目、华美的幻觉,但我唯恐失去这幻觉。 我又恬不知耻地给她发了信,告诉她我愿意为她做什么,而现在我只需要得到她的同意,我期待得到她的消息……

接下来,我觉得我应该做一些具体的计划,理清一些更为实际的问题,想这些问题总比等待好受。 我从酒店的记事簿上撕下两张纸,开始在乱写乱画,我把有的字圈起来,在有的字下面画条重点线,在有的地方用只有我自己才能看懂的又小又潦草的字做注解……我试图回想一个我所知道的办理离婚手续的律师事务所的名字,心想他们是否同时也办理配偶的绿卡申请。 我开始计算我的存款、资产。 我想如果我妻子想要,我会把我们共同购买的那套房子完全转到她的名下,至于我的存款,我也可以给她一半,只要这能消除打官司的麻烦。 自从我儿子八岁以后,我把我每年的奖金为他存在一个银行户头作为他读私校期间的费用,现在那个户头有一笔钱足够他读四年私立学校的全部花费……果真,这是转移注意力的好方法,很长一段时间,我不必焦虑地看手机、死死盯着她的微信头像。 而且,随着这样的计划、运算,随着一切虚构的细节化,似乎一个光明前景也在我眼前打开了,一条彩虹般的道路,通向玫瑰色的人生……

第二夜过去了，我仍然没有得到一个字的回复。我担心她不相信我。这也是可能的，我不过是一个突然出现的、半陌生的男人。我应该试着去理解她所有的忧虑。于是，我又给她发了几条信息……我时而走在回忆和幻想的狂喜巅峰，时而又跌入悲伤、绝望的谷底。但我始终没有收到她的回复。我意识到，她根本不会回复我。

我不得不终止这种自我囚禁般的生活，因为有天上午，我妹夫来酒店接我，要载我去办理文件。

我们去到某机关里一间充满烟味儿的、热烘烘的办公室里，在那里等了很久。后来，一个小官儿模样的人走进来，和我那位迎上去的、满面堆笑的妹夫握了下手。我妹夫是个身形胖大的人，但我注意到他每回到机关里办事，身子总会伛下来，显得又蠢又矮。那个小官僚虽然脸上挂着笑，但声音很傲慢。他似乎不急着办我们的事儿，皱着眉头看什么文件，我妹夫则在一旁小心而又聒噪地说着有关那个熟人的情况和对他本人的恭维话。我突然感到不必待在这样的地方有多好。

终于，最后一个手续也办完了。那天中午，我们全家人在一起吃饭，我姐姐、姐夫做东。我猜对他们来说，这算是一种庆祝，庆祝我那部分财产成功地转交到他们手里。他们看起来轻松、欢喜，说总算也不折腾我了，知道我最烦这些杂事儿，对他们来说，这些人情世故倒是都习惯了。

我姐姐笑着说："二弟现在已经变美国人了。"

我说："我当然没有变成美国人。但我不觉得习惯这些东西有什么好。"

妹妹说："哥哥这些年是变了，变得不爱说话。美国人可能不觉得有什么，在老家这样，人家总会觉得太冷淡。"

她指的是我拒绝和那些替我们牵线、办事的熟人们一起吃饭。

我说："在我看来，你们也变了。变也不一定都是不好的。"

一阵沉默。

我姐夫说了一句："变好，变好，大家都在进步，都在变好。"

他们又说起父亲死去那天，说他行善积德，所以走的时候一点儿没受罪。我不喜欢听他们重复这些。突然，姐夫感慨地说他今后可不舍得把他儿子送出国，离得太远，想他的时候人不在身边还是感情上难以接受。我明白他话里的暗示。父亲走的那天,晚饭后,妹妹给父亲烫烫脚,让他坐在沙发上看电视。过一会儿,他说他觉得胸口有点儿闷,妹妹让妹夫打 120。救护车来的时候,他已经走了……我是当晚接到姐姐的电话,乘第二天的飞机赶回来的。父亲临终时,我不在他身边。

"我过一会儿想去老房子里看看。父亲的东西都还在房子里吧?"我问他们。

"应该都在。"我姐姐说。

我想如果有一天有人要买房子,父亲的东西大概会在最短的时间内被清理出来,丢进垃圾堆。

"家具如果还有能用的,你们去选几件吧。"我说。

"都是些几十年前的家具了,现在谁还会用那些。"我妹夫不屑地说。他大概以为我是出于节省而不是为了纪念一个亲人才要保留几件旧家具。

吃过午饭,我从姐夫那里要了父亲那栋单元房的钥匙。走进那个房子的时候,我立刻回忆起初中一年级时搬进这个两室一厅楼房里的情景。那天早上离家的时候,父亲嘱咐我:"新房子都收拾好了,放学直接到新房子里去。"我一上午都在盼着放学,好到新房子里去……现在看来,这个"新房子"那么狭小,那么粗糙、毫无美感。它大概不到六十平方米,是八十年代建起来的那种模样简陋、笨拙的水泥楼,典型的职工家属楼,五层,没有电梯,楼梯平台上的玻璃窗常年是碎的,因为冬天窗扇会被风猛烈地摇撼、抽打直到碎裂。没有人想到关上它们,碎了以后也没有人想到去修补它们。房子里到处积满厚厚的灰尘,桌子上、椅子上、窗台上、悬挂的灯罩上。不知道多久没有人来过。每当我拉开一个抽屉、打开一扇柜子的门,我就感到一团灰尘朝我的鼻腔猛扑过来。最后,在吃了不知道多少灰尘之后,我找到了几样我决定带走的属于父亲和母亲的纪念品:父亲的一个金属香烟盒、一支毛笔、一顶毛线帽(我猜是母亲当年给他手织的),母亲的一个上面穿缀着小珠子的绿色的零钱包、两方手帕、一串像是水晶(也可能是玻璃)做的项链。我把它们装进我找到的一个帆布袋里。

屋里十分阴冷,我冻得发抖。我不明白为什么在我过去的印象里,这个阴冷、采光不好的住所却那么崭新、明亮、温暖!大概那天我放学后走进这个新家的时候,它给我的印象太强烈。那时候,在这个墙壁雪白、有一扇长方形大窗户、似乎充满光线的客厅里,我赫然看见一张新的圆餐桌,铺着一块色彩鲜艳的塑料桌布。中午,我们全家围坐在高高的餐桌那儿吃了一顿庆祝迁入新居的饭。以前,我们都是坐在低矮的木板凳上、围着一条长茶几吃饭。那张新房子里的新餐桌,它仿佛处在所有光亮的中央,那个时刻、那一餐饭仿佛是我们家饱足、安适、幸福、亲密的往昔的象征。

也许过去的印象终究掺杂了过多的幻想,它毫不真实,就像我过去对她的爱一样,它也可能并不真实。当我们重新见面时,除了那过往的强烈渴慕像是给我们的爱欲增添了兴奋剂,除了她给予我从未有过的欢愉,在我的灰暗生活中突然爆发出了夺目的光和灼人的热,我还了解她的什么呢?而她又了解我的什么呢?如果她真的拉住我在高烧中朝她伸出的狂热的手臂、投奔于我,我是否能坚守承诺而不是半途而废?那么,就当她是天使吧,就让她仅仅是天使吧。否则我如何解释这样的奇遇呢?少年时,她让我燃烧过一次。而现在的我如同一个死灭的星球,根本不知道我的中心还有那么一点儿可以被引燃的东西,她来了,让我的身体和灵魂又燃烧了一次……她一直是那个至关重要的、闪光的幻影,是别的维度里的别的生活。而真实的生活、如此延续下去直至我们死亡的生活,很不幸的,却是另一件事。在此处，我们似乎仅仅有权决定爱，却无权决定生活。

我拿了帆布袋，锁上父亲的房子，站在楼下等姐夫的车来接我。外面竟比屋里温暖，因为还有一点儿阳光。幻影、奇遇离我而去，死亡、萧索污秽的市景、嘈杂而漠然的生活，又缓缓回到我的意识里，令我仿佛从云端跌落到俗世的痛苦和沉重之中。我想我走的那天，要在同学群里发一条告别的信息。我知道她会看到。

苟滑脱逃

朱山坡

授奖词

"蛋镇电影院"系列中,各色人等携带着各自鲜活的声音、性情、气息生机勃发地登场,小偷苟滑也是如此。危急时刻他冲向电影屏幕上奔驰的火车遁去,十一年后又从《东方快车谋杀案》的火车上归来。作家既点燃了文学的奇想,又安插了密实的现实理据。而这遁去与归来亦正是一个关于孤独和开放、封闭和流通的辩证隐喻。

生而为贼，我很抱歉。真的非常抱歉。荀滑向人展示他细长而灵巧的双手说，我祖上都靠扒窃养家，我一生下来就是扒手，我干不了别的，只能子承父业，我比你们更讨厌我自己。他说此话的时候像一个谦谦君子，态度很诚恳，很羞愧，甚至痛心疾首，是在憎恨自己，恨不得向所有的人下跪谢罪。他不止一次向受害人说这句话。只是，说完了继续作案，在蛋镇热闹的街头，把手隐蔽而熟练地伸向那些乡下人的裤兜。

荀滑从不扒镇上的人的裤兜，都是街坊邻居，他下不了手。虽然如此，如果站在正义一边，我们都认为荀滑是可恨可恶之人，希望雷电劈掉他的双手。但跟其他贼不太一样，荀滑有可爱之处。比如说，他从不希望通过窃取他人财物发家致富，只求一日三餐，从不大吃大喝，每顿都像乞丐一样吃得很节俭，有时候一碗稀饭就足矣。填饱了肚子，他便安分守己，老实巴交地坐在肉行的角落里打盹，只有想看电影时，才睁开眼睛，寻找猎物。

苟滑是一个虔诚的影迷。他向别人索取不多，有时候够买一张电影票就可以了。"我真的非常抱歉。我是为了看电影才这样的。"苟滑向我们解释说，"我看电影的时候，希望坐在电影院里的全是好人。夜不闭户，路不拾遗，所有人的心里都歌舞升平。"

因而，他从不在电影院里下手。虽然电影院人头攒动，拥挤不堪，光线昏暗，正是扒窃的好机会。但苟滑认为，如果一旦意识到可能有贼，观众就必须时时提防，根本无法聚精会神看电影，就会造成艺术的浪费，最终会导致良知的丧失。

"艺术的良知要靠像我这样的人来维护！"苟滑自信地说。我们不知道他心里的"良知"到底是什么概念，但苟滑确实向空中挥舞着拳头咬牙切齿地公开警告过那些贼眉鼠眼的人，不要在电影院行窃，谁搞事砸烂谁的头颅。实际上，他是在警告自己，因为蛋镇只有他一个扒手。电影院从没有出现扒窃的情况，无论是镇上的人，还是乡下人，甚至外乡人，坐在电影院里看电影用不着担心自己的裤兜会被扒手光顾。

"电影院就像是外国人的教堂,不是撒野作恶的地方。"荀滑说的,我们都十分认同。镇上所有的人都觉得"作恶多端"的荀滑说了一句深得人心的箴言。

这里的"我们",包括了几个游手好闲之徒,因为太闲而凑在一起消磨时光,当然也有谨慎而有限的友谊。

荀滑长相粗鲁,常目露凶光,但内心柔软,即便是欺负乡下人也留有余地,不把事情做绝。比如,他从不把一个人身上的钱扒光。把钱包窃取出来后,他只取一半的钱,把另一半悄悄地归还原主。这叫休养生息,给人留下活路,也算是为自己积点阴德。果不其然,那些不幸被扒却发现钱财还剩一半的人,既有无端失财的悲痛,也有劫后余生之惊喜。荀滑既受尽了诅咒,又收获了赞美。因而,在蛋镇,他从来都是毁誉参半,让人爱恨交加。

但凡做贼的人,总有马失前蹄的时候。荀滑也是。有时候他将手伸向汗渍斑驳的裤兜时,被人察觉了。察觉者惊惶失措,抓住他朝着熙熙攘攘的人流大呼"捉贼"。人赃并获,此时的荀滑无法狡辩,有些尴尬和挫败感,他会把钱退还给原主,并义正词严地警告再三:"保管好你的钱物,不要再丢了。"围过来的乡下人都认出了他,义愤填膺,叫嚷着揍扁他,但看到他粗壮凶悍随时以死相搏的模样,也就退却了。他从人缝里闪出去,装作从容地戴上草帽,粗略乔装打扮一下,重新消失在人海里。

"我只有在一边作案一边想着电影里的情节时才会失手。"荀滑总是把失手的原因归咎于电影。这也不奇怪。像电影影响了工作和生活的情况在蛋镇比比皆是。比如,炒菜时想到电影,竟把菜炒煳了;走路时想着电影,走反了方向;夫妻吵架,互相指责对方在过性生活时心里想着电影明星,嘴里喃喃着影星的名字……但电影使得荀滑马失前蹄,这是电影的独特贡献。我们希望电影要么把坏人全部变好,要么把他们全部消灭。

即便是失手,荀滑总是能轻易地逃脱乡下人的惩罚,并非仅仅是因为他的凶悍的外表。他是真的凶悍,打架下手很狠,不顾后果。五年前,他父亲还在蛋镇,他在高州练习手艺和胆识。有一次中了地痞的圈套,失手了,被当众掳获,十几个地痞围殴他,把他打得半死。他们以为荀滑真的被打趴了,当他们往他身上吐完口水扬长而去时,他从地上爬起来,手抓一块砖头将他们其中的三个脑袋砸开了洞,吓得其他地痞抱头鼠窜……

当然，荀滑进了两年少教所，实际上就是坐牢。从牢里出来后，他再也没有向谁扬起过拳头，但依然常常目露凶光，那是骨子里与生俱来的狠，令人胆寒。荀滑从他父亲那里继承了脱逃术，但都是低端的，比如说易容术、乔装术、求饶术、死皮赖脸术、丢盔弃甲术、就地隐身术、绝境求生术……如果无法脱逃，只好抱头扮死猪，任人踹踢，生死由命。荀滑的祖父是逃跑时翻墙摔死的，父亲是慌不择路掉进食品站的粪池沼气中毒死的。荀滑基本上不使用这些脱逃术了，因为在蛋镇，没有人敢揍他，他不需要狼狈逃跑。乡下人知道他的恶名，畏惧这个命贱如泥的烂仔，不愿跟他玉石俱焚，只求他的手不要伸进他们的裤兜，相安无事。这也是一种善良。荀滑希望善良的乡下人养他一辈子。

"蛋镇还不富裕，只能养活我一个扒手。"荀滑说话绵里藏针，"我不允许有竞争对手。"

事实上，很多年来，蛋镇也只有一个扒手。在荀滑之前，是荀滑的父亲。在荀滑父亲之前，是荀滑的祖父。这几年，就是荀滑了。他的祖父、父亲都曾经对竞争者下狠手，除了他们家的，没有谁敢在蛋镇开展扒窃业务。这几乎成了一条潜规则，连派出所都默许了。每当接到裤兜被扒的报案,派出所第一个要找的人便是荀滑:"乡下人不容易,你把钱还给人家吧。"荀滑从不承认,警察也无法从他身上找到证据,又因为乡下人本来就没什么钱,报案者损失都不大,警察便不了了之,对受害人说:"你口袋里的钱不是还剩下一半嘛,扒手已经手下留情了,算了吧。"也只能算了。荀滑出入派出所就像回家离家那样平常,甚至跟那里的四个警察有着源远流长的深厚友谊。派出所被乡下人骂作"蛇鼠一窝",后来他们被扒窃,连报案都懒得去了。

荀滑只是蛋镇街头众多浑蛋中的危害最小的一个,犹如厨房里的蟑螂,又犹如一个人身上的小疥癣,包括警察在内没有人觉得非要除掉他不可。

荀滑也因此觉得他会像他父亲一样,可以安心当一辈子扒手,直到老之将至,自己摔死在逃跑的路上。

有一天,电影才放到半截,电影院里突然有人惊叫,说自己的裤兜被扒了!这一叫,很多观众才发现自己的裤兜被人摸过了,有的还被刀片割了口子,身上的钱不翼而飞。电影院里一下子变得闹哄哄的,荀滑看电影的心情一下子没了。

"谁他妈的那么缺德,竟然在电影院里行窃?"荀滑站起来大声吼道。

然而,所有人都看着他。灯亮了。荀滑看到的全是对他充满怀疑和鄙视的眼神。

"蛋镇只有你一个扒手,你说是谁在电影院里扒窃?"

"可是,我一直在专心看电影,我的手从没离开过自己的裤裆!"荀滑争辩道。

没有人相信荀滑一直在看电影,都讥讽他比他父亲多使用了一条脱逃术:贼喊捉贼。荀滑有口难辩,把身上的衣服脱下来让他们查看。他身上没有钱。但还是无法洗清自己。

"反正蛋镇只有你一个扒手。除非你爷爷、你老爸复活了。"

此时荀滑意识到,蛋镇来了同行,跟他抢食了,而且是冷酷无情,不择手段,胆敢在电影院作案。荀滑突然目露凶光,脸上却有慌张。

一连几天,电影院里都有观众被扒窃,他们再也无法心无旁骛地看电影,时时提防。即使荀滑没有进电影院,他也是唯一的怀疑对象,观众的怒火都往他身上撒,大声责骂他把电影院变成了菜市场。派出所每天都接到有人裤兜被扒的报案,荀滑不厌其烦地向警察自辩清白。新来的派出所所长不相信荀滑,警告他,如果不能证明扒手另有其人,便要抓他归案,让法庭从严从快判决,把他押往遥远的监狱,在挖煤中度过余生。

荀滑委屈得像一只即将被宰杀的母鸡,发誓要揪出竞争对手。镇上没出现过几张陌生的面孔。陌生人也不敢在蛋镇贸然下手。荀滑怀疑是大家都熟悉的人作的案,比如麦香面包店的伙计李泡菜,银饰铺的学徒樊白毛,做棉花糖生意的叶呆子,游手好闲的痞子蔡,喜欢潜伏在女厕所的流氓顾……他们看上去呆头呆脑,却是贼眼圆睁,双手却灵巧得很,功夫藏得很深,如果不是荀滑压住,他们早就出手了。荀滑不动声色,暗地里重点盯着他们,细心观察,耐心跟踪,可是一无所获。他们像往常一样,虽然鬼鬼祟祟,却并无扒窃之举。他把所有可疑分子全跟踪过了,都被他一一排除。可是扒窃案仍然频频发生,且常常把人身上的钱财和贵重物品一扒而光,毫不留情,一时间大街小巷人心惶惶,电影院里更是怨声载道,观众不得不一边看电影,一边双手捂住裤兜,即便如此,仍然有人钱包凭空消失。

有人猜测说,荀滑喜欢上了供销社最漂亮的售货员卢卡妮。但卢卡妮要嫁万元户。只要是万元户,嫁谁都无所谓。荀滑要当万元户，所以才一改常态，疯狂作案。

荀滑是喜欢卢卡妮，但他没打算当万元户。

"我喜欢电影，但没必要非得建个电影院不可。"荀滑说，"喜欢卢妮卡也是一个道理。"

对手藏得很深。荀滑面临的压力越来越大，内心充满了惶恐，寝食难安，对我们说："现在我是千夫所指了，每个人心里对我恨入骨髓，好像只有我死了，或者重新坐牢了，他们才安心，蛋镇才恢复安宁。"

荀滑的主要压力不仅来自派出所，更多的来自乡下人。似乎是，每一个乡下人都被他扒窃过。他们同仇敌忾，要跟他算总账了，甚至要把他祖宗三代的账一起算，只是没有找到合适的契机而已。但他感觉到危险在迫近。

这一天，已经临近春节。中午，南洋大街布行前突然有一个乡下人躺在地上呼天抢地地痛哭，引来里外七层的人围观。原来，这个乡下老头的裤兜被人扒了，养了一年的鸡，卖得二十八块钱，刚进布行，要给老母亲买七尺布做寿衣用的。老母亲在床上衣不蔽体，死前总得穿得体面些。付款时却发现钱不见了，裤兜被刀片割了一个口子。

"这是我一年的收入啊！"那个老头像被人割走了卵蛋，悲痛欲绝，在地上翻滚挣扎，哭声博得了同情。二十八块，对乡下人来说确实是一笔大款子了。老头是新茗村的一个五保户，年迈的老母亲在家等着他的钱买棺木。老母亲可能都挨不过春节了。

苟滑成了众矢之的，口诛之声响彻云霄。

苟滑怎么变得那么贪婪无情了？竟然一下子盗取了一个五保户的全部家当！

民愤汹涌，如火山喷发。怒火把南洋大街烧得炽热。乡下人越围越多，很快便水泄不通，他们高呼着口号，要揪出苟滑，为老头讨回公道。

没有人认出草帽遮脸、稍作易容了的苟滑。他小心翼翼地从人群里退了出来。

"我认得这个老头。刚才他经过电影院门口时，我只窃取了他左边裤兜的一块钱。因为我突然想看电影了。"苟滑对我们嘀咕说，"但我没偷他右裤兜的钱。你们知道，我从不使用刀片。"我们相信苟滑说的是真的。他没必要坏到透顶。

老头被割的是右裤兜。割口很直，很小，刚好够二十八块钱进出，说明两个问题：一是刀片很锋利，二是手法娴熟。作案者是一个高手。

苟滑把口袋外翻给我们看，确实只有一块钱。

"今天我不看电影了。我把钱还给老头。"苟滑说。

苟滑要拿着一块钱重新回到人群，亲自还给那个老头。我们阻止了他。我们远远看着那些被怒火点燃了的乡下人，心里也十分害怕。因为我们去年见识过香蕉大滞销农民围攻政府的情形。

"他们会像一群鬣狗将你撕食了。"我们对苟滑说，"哪怕你是一头狮子、一只河马。"

苟滑悻悻地说："可是，有人败坏了我的名声，我要证明我的清白。"

你的名字比东风旅社的暗娼还家喻户晓，还想证明什么呀？我们不是他的帮凶，只是他的街坊，严格来说，只有他不做坏事的时候，我们和他才算得上朋友。我们平日里也做些不正经的事，但都遵循了彼此和平共处、互不干涉的原则，哪怕看到苟滑正在作案，我们也是睁一眼闭一眼。此时他像一只飞蛾要扑向一堆怒火，眼看蛋镇街头又要出现一起血案了。这些年，我们吃过不少亏，知道和平的可贵，不太愿意再看到有人喋血街头。幸好，他听从了我们的劝告。

"生而为贼，我很抱歉。真的非常抱歉。"荀滑说。这是他的口头禅。我们从不怀疑他的诚意。从牢里出来后，他曾经决定向善，要金盘洗手，走正道，去锯木厂上班，干正经的事业。但那些无孔不入的木屑使得他浑身发痒，轰鸣的锯木声使得他心烦意乱，漫长的工作时间让他坐立不安。不到一个星期，便向锯木厂说再见。不仅仅是他，我们当中的哪个小混混不想弃恶从善，做一个光明正大、有体面工作的人？只是时机未到，我们都在电影院里等待。

世事纷扰，江湖难清。电影是最好的避风港和桃花源。

我们推着荀滑走向电影院。这天放映的是一部旧电影，我们都看过多少遍了。但是，除了看电影我们还能干什么？电影里有的东西，蛋镇都没有，比如最简单最常见的火车。荀滑就喜欢火车。荀滑从牢里出来后，我们曾经结伴去陆川县看过火车。坐在铁轨旁边，从中午一直等到傍晚，才有一列绿皮火车从北面徐徐而来。残阳的余光照在火车身上，车厢通体金黄。我们被长得几乎看不到尽头的火车吓得目瞪口呆，又莫名兴奋，拼命向火车招手。出乎意料的是，火车并非想象中那样比闪电还快，而是开得很慢，好像它是故意慢下来让我们看个究竟的，甚至让我们跳上去，带我们前往遥远的地方。车厢里挤满了人，我们十分羡慕他们，向他们招手，他们却没有给我们相应的礼仪。但我们一点也不怪他们。苟滑却追着火车跑，眼看他追上火车了，却被枕木绊倒了。等他爬起来，火车已经转过一个弯，最后消失在隧道里。

"如果不绊倒，我早应该到了广州。"每当想起当年前去看火车的往事，苟滑都兴奋而不无遗憾地说，"那是我离世界最近的一次。而且，还让我明白了一个道理：当扒手是可耻的。"

那时候，他父亲没有因为儿子坐过牢而产生悔意、让儿子悔过自新，而是加紧训练他当扒手，教授他如何脱逃。因为在他看来，儿子坐牢的原因恰恰是学艺不精。在等火车来的无聊时间里，苟滑给我们演示扒窃和脱逃技术，我们都赞叹他身怀绝技。"还有更绝的脱逃术，你们做梦也想不到。"只是火车来了，他没有展示。这段经历，是我们和他的友谊的基石，也是不愿意看到他毁灭的原因。

后来，只要是能看到火车的电影，苟滑都要看。我觉得他进电影院不是为了看电影而是为了看火车，各种各样的火车。这天上映的电影极其无聊，但是能看到火车。这就够了。

"我用那糟老头的钱买电影票吗？"荀滑在售票窗口前犹豫了。

我们说："当然。这是一块钱最好的用途。"

荀滑向售票员递上一张皱巴巴的一元纸币，换来一张电影票。荀滑接到电影票的刹那，像触电了似的，手抖了一下，脸部肌肉剧烈地抽搐，目光前所未有的谦卑、温和。

"怎么看上去像是一张远程火车票呢？"荀滑晃着手中的电影票说。

我们说："待会儿能看到火车，很长的绿皮火车，比一百条南洋大街连起来还要长。"

荀滑抬头看了一眼电影院，说："今天的电影院像一座监狱。"

我们推着他往前走。

"我害怕坐牢。你们没坐过牢，不理解的。"荀滑喃喃地说，"电影院可以像监狱，但监狱一点也不像电影院。"

我们推着他往前走。

"你们这是把我往监狱里推。"

南洋大街传来越来越激愤的声讨声。此时还有什么地方比电影院更安全呢？苟滑半推半就走进了电影院。但今天的他显得很特别，双手是颤抖的，汗水湿透了他的背心。电影院里坐满了人。我们的座位在最靠前的一排。刚坐下来，电影便开始了。

苟滑坐在我们中间，忐忑不安地、不时地伸直身子，抬头环顾四周，仿佛要让人看见他在安静地看电影，又仿佛是他正在窥探谁在扒窃。电影院外突然传来阵阵喧闹声，很猛烈，气势汹汹，无法阻挡。毫无疑问，是一群情绪激昂的人在冲击电影院。

后来我们才知道，那个在南洋大街上倒地痛哭的老头趁人不备，用尽最后的一口气，一头撞向布行门口的电线杆上，脑袋开花，当场死了。那根电线杆碰晕过多少人的脑袋，早有人要求把它移走，政府总是置若罔闻，现在倒好，成了老头自杀的工具。后来我们说，如果没有那根晦气的电线杆，老头就不会死了。老头死状极惨，那些乡下人咆哮起来，每个人都瞬间变成了狮子。有人告诉他们，苟滑正是用老头的钱买票进了电影院。

围攻电影院开始了。他们手持凶器,誓言要打死苟滑,为民除害。派出所的四个警察和守门的卢大耳根本无法阻止他们。

乡下人冲进了电影院,一下子占领了后面的空隙地带。黑暗中,他们喊嚷:"杂种苟滑,你滚出来!"

电影院里骚动起来。观众被泰山压顶的阵势吓坏了,小孩子都哭了起来。放映员蒋卷毛见多识广,没有被眼前的局面吓倒,稳坐放映室,淡定地让放映机正常地转动。电影仍在继续。只是苟滑坐不住了,喘着粗气,不断地擦拭额头上的汗水。我们也害怕起来,对他说,你应该脱逃了。然而,苟滑无动于衷,绝望地瘫软在座位上,似乎是被吓坏了,忘记了所有的脱逃术,一筹莫展,只能坐以待毙。是啊,往哪里逃啊?他们已经把电影院围得水泄不通,连一只老鼠也无法在他们的眼皮底下脱逃。我们为苟滑揪心。他会被愤怒撕碎的。

那些怒火中烧的乡下人开始分头逐个座位查找,脸对脸地辨认,信心满满地要揪出苟滑。

电影的光线照亮了乡下人一张张愤怒的脸孔。他们也偶尔抬头瞧一下银幕，有的还被银幕上的影像吸引，停下来，驻足观看。苟滑的脸上凝结着死之将至才有的恐惧、绝望和悲凉。

电影院里乱糟糟的，像清晨的菜市场，也像杀气腾腾的屠宰场。

"火车快来了！"我们兴奋地告诉苟滑。

是的，银幕上出现了一片无垠的草原，天空像海一样湛蓝。火车就要来了。

苟滑如梦中初醒，豁然开朗，猛站起来，回过头来对所有人说："亲爱的街坊，朋友们，生而为贼，我很抱歉，真的非常抱歉。但是，我要走了。我要离开蛋镇到世界上去。"

电影院一下子安静下来。在微弱的光线中，所有的人都看清了苟滑的脸。未等他们回过神来，苟滑径直跑向银幕，然后站在银幕前，朝观众席弯腰躬身，然后再次向我们挥手："我要跟随火车走了。再见！"

此时，银幕上，火车从远方开过来，很长的绿皮火车在草原上奔跑，比我们见过的火车都快，风驰电掣一般。所有人都看到并永远记住了这个场景：苟滑转身冲向银幕，冲向火车……

苟滑在火车里向我们挥手。

我们也下意识地向他挥手。

火车消失了，苟滑也消失了。银幕安然无恙。电影依旧在继续。观众席上鸦雀无声。所有人，包括我们，包括那些乡下人，都目瞪口呆。

电影结束了。乡下人幡然醒悟过来，封锁了所有的出口，把电影院翻了个底朝天。可是，哪有苟滑的踪影？

苟滑就这样销声匿迹。十年间，我们都弄不清楚苟滑到底去了哪里。这是蛋镇电影院历史上最匪夷所思的往事。奇怪的是，自从苟滑消失之后，蛋镇再也没有出现过扒窃现象，似乎坐实了什么。苟滑脱逃后的第十一年，正好是春节，电影院正在上映《东方快车谋杀案》，人们正看得入迷，突然从电影里的火车上跳下一个人，径直走出银幕，站到所有人的面前，向大家挥手致意："……我很抱歉。真的非常抱歉。我回来了！"

此人西装革履，风度翩翩，像一个谦谦君子。借助电影的光束，我们好不容易认出来了：苟滑。

是的，苟滑回来了。电影院里发出了一阵惊呼。有人冲上去拥抱他，拉住他，仿佛担心他会重新回到银幕，跳上火车，又离开蛋镇。

下面的情况同样家喻户晓。苟滑在蛋镇投资办了一个香蕉食品加工厂，招收了三百名乡下人，第二年初便当了县政协委员。在遥远的北方，他还经营一家大型煤矿，从地下能源源不断地扒出很多煤，实际上扒出来的是钱。他的事业和理想远不止于此。有朝一日，他要建设一条长长的铁路，起点就在蛋镇，让所有的人都有机会到世界各地去。

他的成功像当年脱逃一样如此匪夷所思。然而，人们不但没有撤销对他作案的嫌疑，反而还怀疑他扒窃了全世界。只是谁也不再提起，不屑议论，像曾经看过的烂电影。

附录

2019年收获文学排行榜榜单

★ 短篇小说榜

1. 迟子建《炖马靴》　《钟山》2019年第1期
2. 黄锦树《迟到的青年》　《天涯》2019年第6期
3. 邵丽《天台上的父亲》　《收获》2019年第3期
4. 李宏伟《沙鲸》　《小说界》2019年第4期
5. 弋舟《核桃树下金银花》　《青年作家》2019年第10期
6. 双雪涛《起夜》　《收获》2019年第1期
7. 蔡东《伶仃》　《青年文学》2019年第3期
8. 宁肯《火车》　《收获》2019年第5期
9. 张惠雯《天使》　《文学港》2019年第7期
10. 朱山坡《荀滑脱逃》　《青年文学》2019年第1期

★ 中篇小说榜

1. 田耳《开屏术》　　《钟山》2019 年第 4 期
2. 孙频《鲛在水中央》　　《收获》2019 年第 1 期
3. 尹学芸《青霉素》　　《收获》2019 年第 3 期
4. 徐皓峰《诗眼倦天涯》　　《收获》2019 年第 5 期
5. 薛舒《成人记》　　《长江文艺》2019 年第 1 期
6. 禹风《下降流》　　《人民文学》2019 年第 2 期
7. 凡一平《我们的师傅》　　《十月》2019 年第 4 期
8. 陈春成《音乐家》　　豆瓣网 2019 年 7 月
9. 丁颜《有粮之家》　　《花城》2019 年第 5 期
10. 姚鄂梅《外婆要来了》　　《清明》2019 年第 3 期

★ 长篇非虚构榜

1. 万方《你和我》　　《收获》2019年第4期
2. 叶兆言《南京传》　　译林出版社2019年8月
3. 袁凌《寂静的孩子》　　中信出版集团2019年6月
4. 卢一萍《祭奠阿里》　　《收获长篇专号·春卷》2019年
5. 曾维浩《一个中国人在中国》　　《花城》2019年第6期

★ 长篇小说榜

1. 阿来《云中记》　　《十月》2019年第1期　十月文艺出版社
2. 邓一光《人，或所有的士兵》　　四川人民出版社2019年7月
3. 徐皓峰《大地双心》　　《收获》2019年第3期
4. 蒋韵《你好，安娜》　　《花城》2019年第4期　花城出版社
5. 格非《月落荒寺》　　《收获》2019年第5期　人民文学出版社

图书在版编目（CIP）数据

2019收获文学排行榜短篇小说集/《收获》文学杂志社编.
-- 上海：上海文艺出版社, 2020.1
ISBN 978-7-5321-7313-6
Ⅰ.①2… Ⅱ.①收… Ⅲ.①短篇小说－小说集－中国－当代 Ⅳ.①I247.7
中国版本图书馆CIP数据核字(2020)第004354号

发 行 人：陈 徵
责任编辑：丁元昌
装帧设计：CHR lab 钱 祯

书　　名：2019收获文学排行榜短篇小说集
编　　者：《收获》文学杂志社
出　　版：上海世纪出版集团　上海文艺出版社
地　　址：上海绍兴路7号　200020
发　　行：上海文艺出版社发行中心发行
　　　　　上海市绍兴路50号　200020　www.ewen.co
印　　刷：启东市人民印刷有限公司
开　　本：890×1240　1/32
印　　张：10.5
插　　页：2
字　　数：163,000
印　　次：2020年2月第1版　2020年2月第1次印刷
Ｉ Ｓ Ｂ Ｎ：978-7-5321-7313-6/I·5917
定　　价：45.00元
告 读 者：如发现本书有质量问题请与印刷厂质量科联系　T：0513-83349365